如果讀者愛上我

もし読者が私に惚れたら

AUTHOR／H

自序

事實上，這本書和這個主題的關係真的很遠。

我不想要混淆視聽，只不過，身為愛情小說作家，出版的新書還是必須和愛情扯上邊的。當然，我的每一篇創作都是和愛情相關的呀，又何必「多此一舉」用這樣的書名來說明呢？

我只能說，看完就會懂了。

從二〇〇六年開始，我在雅虎時尚專欄「女人香」寫的每一篇文章，都是我花盡心思、絞盡腦汁所提煉出的故事。當然反應從一開始的大受好評，到讀者們逐漸習慣了我的風格後，就出現挑剔的聲音。

期間，我試著保持風度，試著用H慣有的作風來和大家溝通。於是乎，我逐漸練出一種功夫，可以在說故事的同時，透過故事和讀者溝通我的想法，也許有些時候大家感受不到，但至少我表達了。

《如果讀者愛上我》大概是我這幾年寫故事的心得集大成。

透過這個故事，我希望可以讓讀者們更深刻地體會到我創作的心情，以及創作背後的感觸，或者包括我希望在創作這條路上展現的企圖心。如果H的大腦可以開啟，我會很歡迎大家進入我的腦中，分享我腦子裡建構出來的世界。

這實際上是做不到的。

但透過文字，透過我筆下的故事，我卻相信你們可以看到我想要建構的愛情世界，那個每個人心中可能都存在的一個幸福國度。

我是H，這是我的第九本作品集，也是第三本短篇小說集，希望你們會喜歡。

如果我的文字或故事，可以讓你們在生活上有多一點的感受，我想我的工作就有了價值。

歡迎進入我的小說世界。

目錄

目錄

下半場　如果讀者愛上我

Chapter 1

落敗的一方

推開屋門那一瞬間，生鏽木門所發出的刺耳聲響讓我不禁瞇起了眼睛。走進房子一看，我更是深怕自己的每一步都可能造成災難般的損壞——這房子實在太老舊，地板都已腐化。

我想起大學好友莉莉將鑰匙交給我時，臉上那種打從心底欽佩我的神情。

「多娜，這間真的很像鬼屋，我們遠房親戚已經很久沒住了，妳就……盡情使用吧……」

很久沒住？我根本懷疑這裡從來沒有人住過。在新莊這種地方，外面又全都是鐵工廠的地區，怎麼會有人住在這裡呢？

我打開每一間房的燈，在屋內走了一趟，才發現，這間老房子比想像中大很多，甚至有五個房間。除了主臥室很大，應該是男女主人住的之外，另外有個像客房的房間、有兩間像子女房，然後在最角落，還有一間我怎麼扭也轉不開門把的房間。

說真的，我並不想要打開那個房間。要不是我的處境非常麻煩，我真不願意跑來這樣的地方住。

我在兩間子女房當中選了一間，將行李放在床邊。肚子很餓，但這房子的瓦斯爐或是什麼可以拿來料理的器具，看起來都不管用了，我只好再跑到外面去，看看這附近有什麼東西可以吃。

還好有家麵店。

於是，我帶了份炒麵準備回家好好進食一番，卻發現豆大的雨滴在這時候落下，每一顆都像是和我有仇似的，狠狠打著我的臉。我邊跑邊跳著，一路衝回我這個又老又舊的新家。

我淋了一身濕，便從行李箱裡拿出浴巾，將自己的頭髮整團包住，我雖然感到有點冷，卻還是迫不及待想要吃東西。於是我打開塑膠袋，用著衛生筷狼吞虎嚥了起來。只不過三兩口之後，我發現房間內的燈光閃閃爍爍，沒多久就完全熄滅了。

在一棟破舊不堪的老房子內，全身濕漉漉吃著炒麵，接著停電。我並不害怕，但眼淚卻不聽話地，緩緩地，流滿雙頰。

我知道我不是感到恐懼。這不爭氣的老房子，可能都還算是給了我不小的溫暖。我難過的是從前天晚上開始，一直到今天為止發生在我身上的事情。

在前天晚上之前，我一直還是認為，亞克只是個被動的人，被動到被外面那個叫欣欣的女人糾纏著。

因此前天晚上，我擅自做了個決定。我偷偷約了欣欣，在我和亞克住的西門町小套房附近的某間咖啡廳，我決定要三個人攤牌，好讓欣欣死心。

然後，我帶著不知情的亞克，在約定的時間走進店內。

「欣欣，妳怎麼在這邊？」亞克看起來有點驚訝。

「原來妳是打這種算盤喔？」欣欣看著我勾著亞克的手，似乎已經瞭解我的企圖。

「坐吧，既然這麼巧的話。」我裝做不經意地要亞克坐下。

如果我夠機靈的話，應該在這時候就發現，亞克和欣欣已經開始用眼神交換訊息。

「多娜，是妳約我出來的，有什麼事情妳就說吧。」欣欣說。

我拉緊了亞克的手臂，平靜地吐出我準備好的台詞。

「事情很簡單，亞克是我的男朋友，我們住在一起，因此我不知道妳在期待或幻想什麼，我只希望妳以後如果沒重要的事情，就盡量不要打電話給亞克了，好嗎？」我故作甜美，面對欣欣笑著。我想她一定沒猜到我偷看到她打給亞克的未接來電，因此才會願意赴這個約。

「……」欣欣聽完有點呆滯，斜眼看著亞克。

「不好意思，妳不用看亞克了，他不會有別的想法的。」我說。

「亞克，是這樣嗎？」欣欣的表情看起來有點難堪，讓我心裡起了點罪惡感。其實別人欣賞亞克也不是什麼罪過，我似乎不需要替人家製造出這麼尷尬的場面。

「好啦，既然多娜都這樣說了，今天就講清楚吧！」亞克開了口。我這時心裡反而希望他不要再落井下石，不要把話說得太難聽，起碼讓欣欣有點臺階下。

「多娜，妳什麼時候知道欣欣找我的？」亞克說。

「兩、三個禮拜前吧，我看到你的未接來電是她的號碼。」

「……嗯……不過，其實……我們已經在一起半年多了……」亞克說的話我聽得很清楚，但他的意思，卻是那麼難理解。

「……亞克，你現在是在說，我和你交往的這半年多嗎？」我和亞克的確是交往了半年多的時間。

「對，我們是交往了半年多，但是在和妳交往沒多久之後，我就開始和欣欣交往了，但我一直不敢和妳說……」

我看著亞克的臉，嘴巴忽然張不開了……

「我不是刻意要劈腿的，而且如果真的要我選擇的話，我希望和欣欣在一起。我真的是怕妳難過，才不敢說……」亞克說。

「嗯……嗯……」我不停點著頭，整個人完全進入不了亞克說的世界當中。

「什麼意思呀？我不懂……」我不知所謂地說了這幾個字。

「亞克想要和妳分手，懂了吧？」欣欣忽然說話了。

「分手？」我重複著。

「可能要請妳搬出那個套房。」

「搬出去？」

「然後欣欣會住進來。」

「欣欣……」我不停重複他們兩人說的話，呆呆看著眼前的伯爵奶茶。我記得那是亞克最愛喝的，連帶使我也愛不釋手。

不知道坐了多久，我發現旁邊的位子都空了。亞克和欣欣早就走了。就像是不知道我想了多久，我發現老房子內的電又來了，燈光終於亮了。

不過炒麵，早已經冷了……

Chapter 2

神似

大度路上，福田騎著他的摩托車，背後坐著我。

在我搬進了新莊的「新」房子一個禮拜後，我在莉莉的生日聚會上認識了福田。

「多娜，妳真有眼光，福田是個超級棒的好人。」莉莉看見我站在福田面前，以為我和福田正在交談，便兀自走過來插話。

「什麼眼光？」我想，莉莉根本不清楚我眼睛的焦點落在何處。福田的手腕上戴著一個機械錶，那仿冒名牌的樣式，讓我看得心裡直發噱。

如果亞克在現場的話，可能會從嘴角露出不屑的微笑，然後斜眼看看我，讓我知道他的想法。

「看男人的眼光呀，福田可是我們高中最受歡迎的男生呢！」莉莉得意地說著，我絲毫不懂她和福田有什麼關係，可以讓她為著福田的好在我面前說嘴。

我微笑著，似乎在想像自己扮演著亞克般高傲，然後無視高挑的福田，冷淡地從他身邊走過。

也許就是這一刻開始，我挑起了福田的心。

隔天，莉莉打電話過來，而我正在新莊的舊房子裡吃著巷口買的炒麵。

「喂？多娜，妳真的走桃花了，那個福田向我要妳的電話。妳說，我要給他嗎？」莉莉這個人什麼都好，就是太婆媽了。

「不需要，我並不很想要認識……」話講到一半，我的手機插撥進來，我懶得和莉莉解釋，便將她的通話給中斷了，然後接起另外一頭的電話。

「喂?我是福田……」我無奈。看來莉莉的雞婆已經到了神級境界。

我並沒有想要繼續，只不過，福田的聲音裡有種似曾相識的頻率，我知道，那在亞克的話語裡也常出現。

「在聽嗎？」福田說了將近一個小時關於他的故事之後，我覺得我算是卸下了些許心防。

「嗯。」

「妳……喜歡做什麼？」

「……兜風。」

「好，我週末去接妳！」福田的興奮從他的語調透出來。但我相信，從我的反應裡，他也可以得知我的冷淡才對。

週末。在新莊的鐵工廠外面，我見到了福田的車。

雖然CC數不小，但兜風不應該騎這種車。我知道我期待的是另外一種車，一種需要手腳並用才能加速的打擋車。

「去哪裡兜風？」而且，福田不應該問這種問題。

「淡水。」亞克曾經說，這是白癡才會問的問題。兜風還能上哪去，不走大度路，還有哪裡好跑的嗎？

跨坐在這種自排摩托車上，讓我有些許的尷尬。雖然福田騎車也不算慢了，但比起亞克每個過彎時都能夠壓車壓得碰到膝蓋，我只能給福田大約六十五分的成績。

大度路上，福田騎著他的摩托車，背後坐著我。

「會怕嗎？怕的話抱緊一點。」我聽完福田的話，將身子往外伸了些，探頭看了看前方儀錶板，時速也不過才一百公里。

這時我似乎在右前方看到亞克載著我，然後回頭看福田的車，露出一貫的微笑，接著就是猛催油門，將福田甩得老遠。

「怕得說不出話了？那我騎慢點。」福田見我不答腔，竟然說出了更蠢的話。

我很想讓福田瞭解，和時速一百六十公里的亞克相比，這根本就是小兒科。

但是我沒有這樣回。

我知道，福田是好人，他只是在盡量滿足我的需求，就像那半年來，我不停滿足著亞克的需求一樣。

回憶往事的同時，我脫掉了安全帽。這舉動顯然是嚇到了福田，因為他很快就將摩托車，停靠在一旁。

「怎麼了？很悶嗎？」福田問。

「我想要接吻。」我說。

我這突如其來的要求看起來是給了福田不小的驚嚇，不過他依舊脫下了安全帽，看著我的臉。

「我喜歡妳的率性。」福田的臉漸漸朝我靠近。他的五官和亞克有那麼點神似，我知道這才是我和他出遊的原因。

於是，福田吻了我，但我知道，我吻了亞克。

差別在於，福田的吻呆板而充滿熱情，亞克的唇卻是充滿挑逗與性感。

我不停止。我試圖讓福田的吻，轉變成亞克的吻。可是這種事情，似乎教不來的。福田的舌頭依舊是福田的舌頭，而我的欲望在一分半鐘後，徹底熄滅。

「妳的吻……好甜。」福田露出了老實的笑容。說實話，我沒有太欣賞。

「走吧。」我很迅速地再度戴起安全帽，催促著福田，福田卻完全不知道我的心情。

只因為我的眼淚，只能在安全帽裡流下。

我哽咽著、抽泣著，我不想傷害福田，就像我希望亞克沒有傷害過我一般。但我卻靠著福田的神似，溫習我和亞克的過往，我對這樣的自己感到心寒。

沒多久天空下起了雨，雨點在我和福田的頭上落下，我希望福田不要停，就這麼一點小小的心願。我只希望福田不停騎下去，就算沒有終點也無所謂。

因為，亞克就是這樣對我的。

不管雨下得多大，亞克總是這樣說。

「這是我們的雨，所以我們要騎得更快！」亞克是瘋狂的，在所有人與車都因為大雨而減速的時候，亞克的手腕沒有停過，油門一路到底。

而我愛死了這樣的亞克……

就算知道自己有罪，我還是寧願在這段時間內，將福田當作亞克……

……我會贖罪的……

Chapter 3

地震

三個月來，我不給承諾地和福田交往著。我要福田帶我到每一個我和亞克曾經去過的地方，甚至希望福田對我講亞克曾經說過的話。

我知道這樣對福田不公平，但現在的我暫時無法不偏激。

福田傻傻的，當了我心目中的替代品，但他看起來也甘之如飴。

這一天晚上，在我居住的老房子內，福田得到了和亞克一樣的待遇。我在床上，竭盡所能地讓福田歡愉，也許——我是說也許——在我心裡，福田漸漸開始有了自己的存在，而不只是亞克的替代品。

「那我先走了。」福田輕輕在我額頭上吻著。因為他單親的老媽希望他回家過夜。

「嗯……」我有那麼一絲不捨，不知道是因為這老房子一個人住起來太寂寞，還是我真的開始對福田有了依戀。

我站在門口，看著福田發動摩托車。沒多久，排氣管的聲音就消逝在遠方。我打算進屋時，卻看到玄關櫃子上放著福田的機械錶，應該是他先前脫衣服時放在這裡，忘了取走。

當我走到客廳時，忽然感到一陣暈眩。兩秒過後，我赫然發覺晃動的不是我的腦袋，而是整個地面，整座房子。

老舊的屋子實在禁不起這樣的晃動，更何況這地震來得又快又急，瞬間搖晃的幅度已經大得超過我過去所有經驗。我嚇得雙腿一軟，跪坐在客廳內，只見天花板上的吊燈左右搖擺，餐桌上的食器也已經移位，東西落下破碎的聲音此起彼落。我雙手抱頭，嚇得完全不知所措。

就這樣歷時約莫一分鐘，地震強度才逐漸減弱。地面恢復平靜，我尚未抬頭，卻聽到上方的吊燈左右搖晃的聲音。

我緩緩抬頭，睜眼一看，果然客廳裡東西掉得滿地都是，玻璃碎片和牆上的壁畫早已移位，幸好這房子還算堅固，房子的結構似乎沒有因此有什麼損壞。

正當我如此想的時候，房子內部忽然傳出一聲巨響，就像是一整片牆壁或石頭落下的聲音。我趕緊循著聲音前去，一路走到房子最內側，那一間我原本怎麼轉都打不開的房間門把已經鬆開，半開的門縫透出一陣一陣煙霧。可以想見，剛才發出的巨響是從這房間傳出。

我躡手躡腳走到門邊，將那半掩的房門推開。果然，裡面煙霧四起，一時之間什麼也看不見。

「咳、咳……」我被灰塵嗆得直咳嗽，不停用手揮舞。好一會兒，灰塵總算逐漸散去，我看到房間內的一角崩壞了。那是個類似後門的地方，整個崩塌，就像是破了個洞，外面清新的空氣便從這破洞中陣陣沁來。

再一會兒，房內的灰塵逐漸落地。吸引我目光的，反而不是那個破洞的後門，而是房內的擺設。

雖然一部分的地板被落石掩埋住了，但我還是可以從露在石堆外的圖案判斷，原本在這房內的地板上有著什麼樣的圖騰。

是六芒星。

房間牆壁的周圍有許多蠟燭沒燒完的痕跡。印象中，這就像是電影或小說中女巫的房間。

不過這房間現在也已經崩壞，研究這些事情似乎也於事無補。這時，我才開始注意那個後門的大洞，因為我從來沒進來過這間房間，更不可能知道這個後門是通往哪裡。

在好奇心的驅使下，我原本打算往後門的破洞走去，但往前踏一步之後，後門那個破洞的上方竟然因為餘震又掉落了些許石塊，嚇得我趕緊往後退，退出了這個房間。

整座老房子早就因為地震的緣故失去了照明，我只好躡手躡腳地摸到我的房間，一時之間找不到手機放在哪裡。我一邊摸著床緣，一邊爬到床上去，心裡只希望天趕緊亮，也禱告著福田沒有因為剛才的地震受到任何傷害。

整個晚上，我就在害怕與失眠的狀態下度過。

第二天早上，外面的陽光從窗戶透進來，刺得我眼睛不適，我才不甘願地張開眼皮。

我一邊揉著眼睛，想起了昨天晚上的事情，趕緊從我床下背包裡找出手機，火速撥給福田。

「喂，你沒事吧？」我聽到電話那頭福田的聲音，算是放了半顆心。

「我沒事呀，會有什麼事……」福田的聲音聽起來像是還在睡夢中。

「昨天晚上那麼大的地震，你都沒有感覺？」我問。

「地震？我們這邊沒有動靜呀。多娜，妳在說什麼呀？妳那邊有地震嗎？嚴重嗎？」福田不像是假裝的，他這時才意識到我聲音裡的恐懼。

「很大……房子幾乎塌了一半。」我心有餘悸地說。

「不要怕，我現在過去，我現在過去……」福田話沒說完就掛斷了電話。我抱著手機，心裡總算是有點欣慰。

有福田在，好像什麼事情都能安心點。

我盥洗了一番之後，走到玄關拿起福田的機械錶，心裡想著，等等可要提醒他，不要又忘了帶回家。然後我想起了昨天那房間裡的破洞。

我想，我總是要進房間看看，到底損壞到什麼程度吧。

於是我又走到那個原本神祕的小房間，房門早已經因為擠壓而平躺在地上。我走進房間，發現那個後門塌陷的小洞已經變得相當巨大。昨天晚上原本就打算走進去的念頭，在白天更是沒有恐懼地冒出了頭。

於是我走向前，看著後門破洞透出來的陽光。我直覺以為，這不過就是一道通往房屋後面的後門罷了，卻萬萬沒想到，因為走進這道門，我身上會產生什麼樣的事情，讓我對這輩子的感情產生什麼樣的變化。

Chapter 4

重逢

我循著陽光走去，透過那個大洞，看見了房屋後面的景象。基本上，這一帶就是工廠林立，因此房屋前面和後面的景色，也沒有太大差異。

我稍微彎腰穿越破洞，看見了房屋後方一棟一棟林立的工廠。我倒是沒有想到，這樣的工廠竟然在房子後面數目更多。

這時候的我，總覺得空氣中飄浮著某種不同的味道，我說不上來是氣味、是毛細孔的感覺，還是什麼特別的元素。總之，從這破洞走出來的世界，似乎有別於我原來居住的空間。

因為這個原因，我打算沿著房子邊緣走到前門。我心想，既然都已經出來了，就看看昨晚的地震有沒有給這房子帶來什麼嚴重的損傷吧。

我一邊踩著水泥地，一邊看著老房子的屋簷，眉頭不自覺地皺了起來。的確，這房子是很老舊，這事情從我第一天住進來時就知道了，不過現在看這房子，竟然有種加速老化的感覺。難道說，地震是讓房屋老化的原因之一？

然而走到前門之後，我推翻了我的想法……

大門口的景象竟然完全改變了。我居住的房子雖然更舊了，但是外面的大馬路和對面的建築物卻都新得讓我傻眼，那不是一個晚上就可以蓋好的景象，少說也要十幾年才有機會完工。

更讓我感到不可思議的是，這些房子的造型不但特別、前衛，就連建材似乎都不是我印象中傳統房屋的建材。如果硬要我說一種形容詞的話，我只能說，那根本就是未來的設計吧。

我身體有點發抖地往前走著，雖然說這種事情我在小說裡看過，但真的發生在自己身上時，妳所產生的想像就又多出了更多。

有可能是昨晚地震後，我已經睡了好幾十年，醒來後就到了未來。也有可能是我穿過了某個時空的破洞，來到了未來。也有可能，這一片佈景都是電影公司的人搭起來的，只不過前幾天我回家的時候沒注意到罷了。

我沿著馬路走著，看到流線型的交通工具，完全超乎我的想像。我心中越來越肯定，我的某一個假設沒有錯。

我到了未來。

只不過，不知道這是多久以後的世界。

在經過某間醫院大門之後，我聽到砍伐樹木的聲音從遠至近傳來，隨著我腳步的前進，我看到一個奇特的景象。

一個身穿白衣的老人家拿著一把斧頭，死命砍著一棵老樹。老人家的汗水大把大把地甩著，似乎不把這棵樹砍倒誓不甘心。

就在最後一刻，老人家所砍下的深度，超過了老樹幹可以支撐的範圍。這棵少說也有幾十年歷史的大樹發出一聲哀鳴，就這樣倒下了……

我在一旁看傻了。

這樣的行為也惹來醫院裡的人員紛紛跑出來。

「老先生，你不能這樣，我們回病房去。」醫護人員抓住老先生的手。看來這位老先生是院裡的病人。

「我沒事，不用抓我。」這時候老先生一把甩開了身邊三、四個人，站在一旁的我才看清楚老先生的長相。

那是亞克，我曾經最愛的男人。雖然說歲月在他臉上留下了許多痕跡，但是從他的眼睛、鼻子、嘴巴，我可以判斷，他就是亞克。

「亞克……」我叫了出來。醫護人員和老先生都看向了我這邊，每個人似乎都很驚訝……

這反而讓我很驚訝。

不是亞克嗎？？我心中獨白著。

「小姐，請問，妳認識他？」其中一名像是醫生的男人走了過來，開口問我。

「是。難道他不是叫亞克嗎？」畢竟如果這是未來的話，我自己也會有點懷疑。

「其實我們並不知道這位老先生的名字，他是被送進來的，而他似乎不太記得自己的過去，也沒有任何親屬，因此如果小姐妳認得他的話，我想會對他的病情很有幫助。」

「原來如此……嗯嗯……我認識他。」我點了點頭。

「那……小姐，就麻煩妳等一下帶他回病房了，妳和他聊聊天，也許他會想起什麼。有問題的話，再來找我，我是梁醫生。」醫生說。

幾個醫護人員在梁醫生的帶領之下，往醫院方向走去。而年老的亞克看著我，那不是老人癡呆的模樣，他依然保有年輕時期的帥氣，但我並不知道，現在的他是多大年紀……

「妳……認識我？」亞克說。

「嗯，我是多娜，你忘記我了嗎？」我指著自己的臉。

「多娜……好像有印象耶……」

「我以前是你的女朋友。」我說。

亞克看著我，笑了起來。那笑容就和年輕時一樣好看。

「怎麼可能……我幾歲，妳幾歲……小姐，雖然我記不太起以前的事情，可是並不代表我失智了唷，哈……」

聽著亞克說的話，我才忽然想起，的確，我不知道我透過哪裡走進了幾十年後的時空，因此對於亞克來說，幾十年後的多娜不應該長成像我這樣……

「好吧，那不重要，就算你不記得我們曾經交往過，我們現在認識也無妨呀。」我笑笑說著。

「當然可以，妳這麼美麗的女孩子，願意陪我這老人家聊天，我已經很開心了。」

「那麼……」我伸出了手。「你好，初次見面，我叫做多娜……」

亞克愣了一下，隨後也微笑伸出了手，緊緊握住了我的手。這感覺好熟悉。

「妳好，我叫做……欸……」亞克顯然還是記不起自己的名字。

「亞克，你叫做亞克。」我接著他的話說，亞克笑著。

「亞克，我可以請問你，今年是西元幾年嗎？」

「考我呀？我說了，我雖然老了，但是沒有失智唷，今年是西元二〇ＸＸ年。怎麼樣，我沒有說錯吧？」

我相信亞克沒有說錯，只不過，這事情倒是嚇到了我，因為亞克所說的年份，竟是我原本時空的五十年後……

難怪亞克變得這麼老了……

我下意識摸了摸自己的口袋，口袋裡原本放著福田遺忘在我家玄關的手錶。我伸進口袋，掏出手錶。原本光滑銳利的錶面，現在看起來處處都是生鏽的痕跡，指針甚至連動也不動了……

我看了看手錶，再看了看亞克，只見他露出不解的神情。而我心中才真正是充滿了疑惑，究竟這件事情會給我的人生帶來多少改變？

Chapter 5

換我劈腿

雖然時空轉換帶給了我不小的震撼，但是可以再次遇到亞克，我心中還是高興的，更何況，他的身邊看起來沒有半個女人。

「亞克，我們在附近走走如何？」

「可以呀，如果妳不覺得和一個年紀這麼老的人相處有什麼壞處的話……」亞克說得謙虛，我心中卻浮現「老了」的字眼，因為年輕時期的亞克，是不會用這麼謙虛的口吻講話的。

我和亞克在醫院旁邊走著，道路兩旁種著上了年紀的松樹。我喜歡這樣的氣氛，那是以前我和亞克在一起的時候，不曾有過的寧靜感。

我看著亞克的臉，一瞬間認為他根本不是亞克，因為年輕時期的他不可能會有這麼平靜的心、這麼沉著的個型。但他卻又的確是亞克，而且我認為，現在的亞克比我印象中的他更有魅力。

「多娜，妳說妳認識我，那麼我很想知道，我們以前是什麼樣的關係呢？又是怎麼相處的呢？」冷不防，亞克說出了這麼一段話。

「……我們是男女朋友，你喜歡騎車載我，你很高傲，你認為我們是最適合的一對……我深愛著你，你也深愛著我……」在說著這段話的時候，我的腦中浮現出福田的臉，心頭也多了幾分愧疚感。

「的確……我記得我愛騎車。那後來呢？後來我們怎麼了？」

亞克的話勾起了我心頭最不想觸碰的那段過去。我張開口，欲言又止。面對眼前這個垂垂老矣的亞克，我似乎不需要再去翻出當年那筆舊帳讓他難過。

「……你走失了……某一次旅行之後，你失蹤了，我等了你很久，你都沒有回來。因此，大家都以為你死了……」我隨口編了段謊言，希望這件事情就這麼樣帶過去。

「……是嗎？」亞克看著我，眼神裡忽然透露出淡淡的哀傷。

「如果是妳說的那樣，妳不就非常難過？」亞克說。

這時候，我胸口感到一股熱流，因為亞克真的設身處地替我著想了起來。我從沒體會過這麼體貼的他，這讓我的眼眶都熱了。

我忍不住自己的情緒，緊緊抱住了亞克。這很可能是我從第一眼見到他的時候，最想做的事情，只不過因為見面時的情況太過詭異，使我不敢如此放肆。

亞克看著我的反應，也很自然地將雙手放在我背上。

「好啦……就算真的是那樣，現在也都沒事了呀，妳找到我了，我回到妳身邊了。」亞克拍著我的背，輕輕說著。

「還好，在我失蹤的這段時間，妳沒有認識別的男人。要不然，就會變成我難過了呢……」亞克的話，將我從他的身邊拉了開來。

我擦著臉上的眼淚，意識到口袋裡那個鼓鼓的物體。

我知道那是福田的手錶，我知道，我現在身邊是有別人存在的。

「對不起，亞克……我得走了……」我面對著亞克，倒退了幾步。

「怎麼了，妳有事情嗎？」亞克說。

「對……可以告訴我你的病房號碼嗎？我會去看你。」我一邊退著，一邊說著。

「五一二，中央大樓五樓。」亞克說。

「……再見。」我轉身，頭也不回地跑了起來。

我知道我現在的男朋友叫福田，我知道福田對我很好，也知道我愛著亞克，但是我不能讓自己和當初傷害我的亞克一樣，也同樣劈腿。

我沿著剛才走來的路不停跑著。之所以這麼突然地離開亞克，是因為我想起了福田，福田說會立刻過來找我，因此我覺得我應該回家去，不管是要與亞克交往或是怎樣，我都應該先和福田見面。

我一路跑回老房子門口，開了門進去。裡面的陳列沒變，但多了積年累月的灰塵及一道道蜘蛛絲，我差點沒被腳邊竄出來的小老鼠嚇到。這顯然是房子五十年後的情況。

只不過，我剛才離開的時候，房子內的狀況並沒有改變。這一切的時空轉移，似乎是因為我從後面房間的裂縫走出去，才開始產生。

我再度從前門跑出去，沿著屋簷走到房子後方，那個地震所震出來的裂縫還在。我心裡抱著一絲希望，從裂縫中走了進去。

果然，裂縫那頭依舊是那個地上畫了六芒星的詭異房間，屋況也和我搬進來住的時候一樣，並不像是幾十年沒人住的樣子。

我從房間走出，往客廳走去，才發現福田就坐在玄關。

「多娜……妳去哪了？我剛才來了之後找了半天都沒看到妳，妳沒事吧？」福田緊張的樣子，讓我心中的罪惡感擴大。

「沒事，有什麼事……我就是在小房間裡面。」我說。

「小房間？妳說那間很詭異的房間？進得去了喔？」

「嗯……不重要啦……」

福田看我一副不太想要聊的樣子，瞬間有點尷尬。他擺動自己的腦袋，似乎在想找什麼話題安慰我會比較有效。

「啊對了，我放在這裡的機械錶，妳有幫我收起來嗎？」福田說。

我下意識摸了摸口袋。

「有呀，只不過……」我面露不安地從口袋中拿出手錶，但我原先擔心的問題根本不存在。手錶和昨晚福田留下來的時候一模一樣，完好如初。

「只不過什麼？」福田納悶地問著。

「……沒事。」我趕緊將手錶拿給福田。忽然，我又感到一陣暈眩。

「福田，是不是又有地震了？你有感覺到嗎？」我驚呼著。

「沒有呀，多娜，妳小心點……多娜……」我最後只聽到福田大聲喊著我的名字，但是我沒辦法回應。

我失去意識了……

這不是地震，但我也不知道自己身體裡面發生了什麼問題……我似乎有可能就這樣一覺睡下去，永遠不會再醒來……

Chapter 6

徵兆

眼睛張開看到的第一個景象，是天花板。當我的眼球適應周圍的光線之後，我開始查看我身處的環境是什麼地方。

我發現我身上插滿了許多管子，看起來不是輕微的感冒症狀需要動用的設備。

我可以確定，我躺在醫院裡面。

等到我的頭部可以微微轉動時，我見到了熟悉的男人。

福田坐在病床邊，瞪大了眼睛看著我。

「多娜，妳醒了？感覺如何？」福田說。

我試圖張開嘴巴說話，卻沒料到自己的氣力竟然這麼微弱，就連要張嘴發出聲音都如此吃力。

「……我……」我努力了一兩分鐘之後，選擇了沉默。

「多娜妳不用怕，我請醫生來了。」福田的表情看起來很緊張。從這一點推測，我的身體應該出了不小的問題。

福田身後，穿著白袍的男人往前走了一步。

「多娜的身體裡出現了異狀，感覺像是被什麼強烈的輻射掃到，因此血液中出現變化。由目前的情況看來，可以診斷出她得了血癌，而且剩下的時日不多了。」醫生當著我和福田的面，就這麼輕鬆地說著。我估計是因為這件事情也不太需要隱瞞吧。

「醫生，麻煩你救救她……」福田的神色甚是哀悽。他緊緊抓住了醫生的手，強烈表達出對我的愛護。

看著福田的反應，我的心頭一緊，想起之前我還打算背著他偷偷與亞克見面，我心中感到一絲不捨。

「我們一定會盡力的，請你放心。當然，也請你做好心理準備，接下來的治療可能會很辛苦，多娜小姐會需要你長時間陪伴在她身邊。」醫生說。

福田沒有答覆，只是轉過頭來看著我。他閃爍的雙眼就像在告訴我說，別擔心，不管怎樣，我都會陪在妳身邊的……

只不過，癌症的治療真的不是開玩笑的，化療的過程及吃藥的痛苦，都非常人可以忍受的，然而我心中最急的念頭，卻是希望在化療之前可以回家一趟。

「福田，你可以帶我回家一趟嗎？我想要回家拿些衣服。」我說。

「妳要什麼衣服妳和我說，我回去幫妳拿，好嗎？」

「不行，我一定要自己回家拿。」我堅持著。自然是因為，我不是要回家拿衣服，而是我心裡還有更掛念的事情。

福田拗不過我的要求，騎著車帶我回家。離開醫院的時候，我才發現，這家醫院不就是三十年後我遇見亞克的地方嗎？

「福田，這醫院在我家附近呀？」

「對呀！聽說是最近才開的。」福田騎著車，很快就將我載回到家中。我要福田在客廳裡等我，我自己在房間裡準備我要的衣服。

事實上，我掛念的當然不是衣服這件事情。

如果說，老天爺讓我可以跑到五十年後見到亞克，那麼一定有祂的安排。就算因為穿越時空導致我的身體出現問題，我也心甘情願，我寧願在人生的最後階段，和最心愛的人一起度過。

我相信這就是老天的安排，我會照著做。

於是我又走到那個小房間，房間裡連結到後門的裂縫依舊存在。我穿過裂縫，走了出去。

我再度感受到五十年後的空氣差異性，只不過這一次，我知道我的時間不多，因此毫不猶豫地往醫院走去。

雖然每走一步，就讓我覺得身體狀況更差，但是我心裡很清楚，我想見到亞克，我一定要見到亞克，最好可以死在他的懷中。

十幾分鐘後，我終於走進醫院中央大樓的五一二號房，然而當我進去房間的時候，卻發現撲了個空。病床是空的。

病房的窗戶向外開著，可以看到整片海，一覽無遺，卻一個人影也沒有……亞克騙我？

還好，我很快就看到那一天的梁醫生。

「梁醫生，請問那位老先生呢？」我問。

「啊，妳是那天的那位小姐，妳來得正好，那位妳稱他為亞克的病人，目前狀況很差，已經進入了加護病房，隨時都有可能離開人間。」

我不知道從我離開到再返回這個時空，究竟已經過了多久，怎麼會讓亞克的身體狀況一下子變得這麼差。

「怎麼可能，他那天看起來不是還好好的嗎？」

「其實老先生入院的時候，我們有幫他做全身檢查，就已經發現他的身體有很大的問題，因此才會禁止他去做砍樹那些怪異的行為……可憐的是，他身邊竟然一個親人都沒有……」醫生說。

「不好意思，梁醫生，可以帶我去看他嗎？」

於是，我進了加護病房，看見戴著氧氣罩的亞克正意識不清地睡著，我心中忽然起了一陣淒涼感。年輕時風流倜儻的他，到了老年，身邊竟然一個人都沒有。而我更加不解的是，究竟老天爺要我在這個時候遇見他的用意何在，難道只是要我們兩人相繼死去??

忽然，亞克張開了眼睛。他的雙眼看著我，就像是認得我一樣，就像是我們認識了好久一樣。

接著亞克伸手拿下氧氣罩，打算開口和我說話。

「多娜，妳來了。」亞克說。

我點著頭。

「我想是老天爺聽到了我心願，讓我在死之前可以再見妳一面……」亞克伸出手緊握著我，我感到很溫暖。

「不要這麼說，你不會死……」

「不，老天爺讓我見到妳，是要讓我贖罪的……我沒照顧好妳，才會讓妳離開我……」亞克的每句話都說得我心裡痛楚萬分，不管他當初是如何對待我，現在的我都不會在意了。

我緊握住亞克的手，緊緊地，只希望亞克可以一直和我說話，一直不停地，說下去……

亞克的另外一隻手，輕輕撫摸著我的臉。

「多娜，妳和那個時候一模一樣，和我記憶中的多娜一模一樣……一模……一樣……」

忽然，我臉上被撫摸的感覺消失了。那隻被我緊握的手，失去了力量。亞克的聲音，沒了……亞克的眼皮，沉了……

而我，哭了……

Chapter 7

死前

我分不清我在亞克的床前哭了多久，就被醫護人員請了出去。我也分不清，我後來在亞克的遺體邊一個人待了多久，就是等不到他的家人出現。

就算他生前再怎麼樣花心，我都無法想像曾經那麼風流的亞克，終老時竟然是這樣的下場。

「小姐，我看妳的臉色不太好，要不要掛個號，讓醫院裡面的醫生幫你診斷一下。」梁醫師在一旁建議著。

我相信我的臉色是很可怕的。

畢竟我正要開始接受癌症治療，又加上我最愛的亞克就這樣在我面前斷氣，不管我再怎麼樣堅強，都不可能看起來冷靜。

「我覺得老先生走得算是……安祥，我們一直擔心著，老先生會不會就這樣孤苦無依地一個人走掉，沒想到在生命最後，可以在熟人的懷中離去……」我相信梁醫生說這番話是想要安慰我的，但我怎麼能夠接受這樣的事情。我甚至還在心中考慮過，要回到之前的年代和福田分手，然後過來照顧亞克。要不是回到現代的時候我的身體發病……

我並不想待在這裡太久，因為在五十年後的現代，除了亞克這個我熟悉的人之外，這裡對我來說根本是個陌生的環境。

我沿著馬路，默默往家裡的方向走去。沿路上，這幾十年內蓋起的新型工廠看起來不太會排放廢氣，也沒什麼噪音，反而讓我更覺得冷淡陌生。

每走一步，我就覺得自己步伐很沉重。我知道我的身體接近崩壞邊緣，就這麼一進一出，好像我的痛苦比之前增添了好幾倍。

好不容易走回到老房子的後門，我鑽進裂縫中，走進了那間詭異的小房間。感覺時間好像不曾走動過，好像福田剛從醫院送我回家，我只是要拿幾件衣服而已。

只不過，當我走到客廳時，福田的表情活像是看到了鬼一般驚訝。

「多娜，妳的臉怎麼都沒有血色……」福田的聲音聽起來像是極度驚嚇，而我一看到福田，意識就像斷了線般，整個人在福田面前應聲倒下。幸好福田眼明手快，一把抓住了我，但看到我整個人病成這樣，福田的心也慌了。

「多娜，多娜……」福田叫了我幾次之後，才緊張地把我背起來，往他的摩托車上擺，接著火速騎往醫院，希望可以能讓我接受更好的治療。

進了急診室之後，醫生、護士個個緊急地圍在我的病床旁。我看著天花板上的燈，一時之間搞不清楚自己到底是在現代，還是在五十年後。一直等我看到福田那扭曲的五官，我才確認自己的所在時空。

經過了幾個小時的急救，我的狀況似乎得到了控制。

醫生將我安頓在一個單人套房。當然，福田隨侍在側。

「福田，我是不是快死了……」我說。

「不要發神經，妳不會死的！」福田緊張地握著我的手。

可能是福田的安排，我房間窗戶的景色看起來不錯，不但可以看到一些綠色植物，還可以看到部分海邊。

我在這邊住的第二天晚上，身體狀況可能比較穩定了點，福田把窗戶打開，讓風透進來，讓我更清楚看見外面的景象。

「外面……很漂亮……」我說。

「等妳好一點，我會帶妳去走走……」

隨著我的病情好轉或惡化，我心裡對福田的愧疚也起起伏伏。我知道福田對我的好，但我卻忘不了亞克。我心中就像住著一隻惡魔，隨時隨地會衝出來，講一些傷害福田的話。

不過，在住院第四天之後，我知道已經沒有時間了，因為隨著癌細胞的侵入，我的意識進入了一個瘋狂的境界。

那天早上，福田按照慣例將窗戶打開。我卻沒有像之前幾天一樣說著浪漫的話，我失去理智了。

「醜，醜，醜……我要看海，我不要看這些擋在前面的花花草草，我要看海……福田，聽到沒有，我都快要死了，我的願望，難道不能幫我實現嗎？」我歇斯底里地吼著，也不知道哪裡來的力氣，但我知道是惡魔支配了我……

「多娜，不要這樣……我會實現妳的願望……但是，妳不會死的……有我在，妳不會死……不會死……」福田試圖過來抓緊我的手，沒想到我就這樣一巴掌扎實地打在他臉上。

「你怎麼知道我不會死……我一定會死，而且我就快要死了……福田！我和你說，我如果死了，我會在一旁監視你……你不是說你只會愛我一個人嗎？如果我死了之後，你敢碰別的人，你給我試試看……」惡魔。我知道我的惡魔生氣了，但我真的不懂，心中的惡魔怎麼可以這麼不講道理。明明福田都已經對我這麼好，我卻一定要對人家這麼壞嗎？

「多娜，妳不要這樣……不要這樣……不管妳變成什麼樣，我都不會放下妳……我一定會幫妳，幫妳實現……妳想要的一切事情……」福田就算被我打了一巴掌，對我還是不離不棄。

可是我心中的惡魔沒有停歇。

「你，給我滾……你要幫我實現個屁！我根本不喜歡你，我不要你陪我，我要亞克……我要亞克一直在我身邊……你滾！」惡魔驅使著我拿起桌上的水果刀，就這樣往福田身上丟，福田的臉上因此留下了一道血痕。

這時醫生和護士們衝進了病房，好幾個護士壓住了我，打算替我施打鎮定劑之類的東西，但我知道時間差不多了……否則，我不會這樣被惡魔左右……

「妳要我走，我就走……我明天會來看妳……」福田一手按住臉上的傷口，暗自神傷地走出了病房。他並不知道，他就這樣錯過了最後的時間。就在他走出醫院，發動摩托車的那一刻，我的靈魂可以清楚看到我的身體躺在病床上，一動也不動，靜悄悄地躺著。

福田則是騎著摩托車跑在柏油路上，逐漸遠離了我……

Chapter 8

真相

斷氣之後，我的靈魂仍守在我的身體旁邊。

我知道福田一定會再回來。當我的靈魂和身體分離了之後，我才得到了寧靜，因為只有這樣，我的靈魂才不會被生病肉體上的惡魔支配。

兩個小時後，院方終於聯絡上福田，福田也終於回到病房，看著我那緊閉的雙眼，我竟然隱隱看到福田的靈魂有想要衝出身體的跡象。

「她對你大發脾氣之後，就倒了下來，緊急急救了三十分鐘，我們確定病人已經無法救回，請你節哀……」不知名的主治醫師說完了程序裡的台詞，拍了拍福田的背。接著所有醫護人員都撤離病房，只剩下福田，以及我的靈魂。

福田一句話也不說。他靜靜看著我的身體。不知道看了多久，福田的眼淚靜靜地從眼眶流出，無聲地、不停歇地、往地面滴著。

我知道我錯了，但我相信老天是要讓我和亞克一起上天堂，因此給了我這個機會，進入時光裂縫。

那福田呢？福田就活該倒楣嗎？我看著眼前止不住哀慟的福田，心裡不自覺地憐憫了起來。畢竟福田給我的回憶，都是甜蜜的。

過了很久之後，福田開始擦眼淚，開始準備我的後事，我則是不停在他身邊晃著。

就這樣過了一天、兩天、三天，我開始疑惑自己怎麼還存在著。已經是靈魂的我，不是應該轉化成不同的型態嗎？怎麼現在看起來，我似乎會一直跟在福田的身邊，不會消逝呢……

不過，靈魂是沒有時間觀念的，因此就算是這樣過了半個月、一個月、半年，我也沒有那種「過了好久」的感覺。

但我發現，福田的生活似乎出了點問題。首先，他和家裡斷了聯絡，接著再也沒有去上班，然後每天關在家裡喝酒。我不喜歡看他這樣，但我什麼忙都幫不了……

有一天下午，福田酒醒了，自己一個人躺在宿舍裡，窗戶關得不見天日，一點光線都沒有透進來。

福田的鬍子長了，頭髮亂了，在沙發上胡亂找尋著。我看不出來他想要找什麼，感覺他似乎想到了一件事情，一件他非做不可的事情。最後，他在沙發底下摸到了一條延長線，我心裡起了不好的預感。

福田將延長線往陽台上緣繞，打了個死結之後，竟然將延長線綁成一個小圈，正好是頸部可以套進去的大小。

我嚇到了。

我相信福田是這樣想的。「我可以去見多娜，何樂而不為……」福田將沙發推到陽台邊，藉由沙發的扶手踩了上去，然後很吃力、很勉強地，打算將頸部套進那綁好的圈圈中。

只不過，一不小心，福田沒有套進圈圈中，反而從沙發上跌了下來，發出巨大的聲響。

我相信那很痛。因為我看見福田露出了扭曲的表情，眼淚也不聽話地從瞳孔邊滲出。

那次之後，福田的神情變得詭異。我有點懷疑他摔壞了腦袋，但他的舉止卻又很正常，除了他拼命打工賺錢，和之前我剛過世時大不相同。

福田死命接著各種不同的工作，我看著他一天一天將錢存進戶頭。雖然說我是抹靈魂，但我真的無法和他的靈魂相通，無法知道他現在是為了什麼目的而拼命著。

一直到某一天，福田似乎存到了某個數字時，便自己一個人走路到了那家醫院。

我相信他是想要走到當時我住的那個病房。只不過當時的我病入膏肓，我都不知道自己的病房號碼，一直到福田走入中央大樓，進了電梯按下五樓的按鈕之後，我心裡忽然起了種不可思議的感受……

不會是那間房吧……

福田走出了電梯，走過一間一間的病房，在五一二號病房前停了下來。這……我住的病房，竟然和五十年後亞克生前住的病房相同，這到底是什麼樣的巧合……老天的安排，讓我這個靈魂完全摸不著頭緒……

福田站在門口，像是在回憶那一天我最後對他說的話。他自言自語地，喃喃說了起來。

「多娜……妳最後說的事情，我都會想辦法幫妳達成……我、我會讓妳看到海……我會讓亞克……陪妳到最後……我會……永遠一個人……」福田嘴裡不停重覆著這幾句話，我卻不停出現不好的預感。

福田喃喃說完話之後，到銀行提出所有存款，然後回到我居住的老房子，在我的行李裡面不停翻找著。

我不懂福田現在是因為失去理智而胡作非為，還是他真的有什麼想法，想要做出什麼事情讓我看到。

最後，福田從我的包包中拿出一個東西。在我還沒有看清楚之前，福田就將東西塞進口袋，接著到了市區。

我一直跟在他身邊。

然而接下來的事情，卻是我無法接受、無法想像的經過……

福田走進一間整形診所，拿出一張亞克的照片。這一瞬間，我也了解福田存錢的目的為何……

「我要我的長相變成這樣，有辦法嗎？」福田對著醫生說。

「一個月內就可以達到。」

「哈哈，太好了……太好了……我會變成亞克，多娜一定會很開心，因為最後死前，是亞克陪在她身邊……」福田說話的神情，已經有點失去理智，然而同時間，我發現自己的靈魂開始淡化，似乎我存在這世間的必要性，已經越來越低……

「哈哈，哈哈……接下來我只要處理掉那幾棵樹，多娜就可以看到海……」

福田最後的這幾句話，才讓我徹底了解老天的安排，了解為何同樣是五一二號病房，五十年後的窗邊風景卻大不相同……

「哈哈，多娜……我會一輩子……單身……我會一輩子……」

我的意識逐漸模糊，沒有了靈，也沒有了魂……

後記

關於未來的題材，我的確已經寫了不少，因此希望可以在這一篇中篇小說畫上句號。當然，因為這是《未來，你會是我的誰》的番外篇，裡面的房屋就是梅兒兩姐妹當年居住的地方，希望可以喚起你們的記憶。（沒看過的人趕緊去買唷！）

有時候愛情很虛幻，喜歡上一個人，可能只是一個形象、一個符號、一個地位，而不是真正喜歡這個人。也因此，當這個地位的人不再擁有這個地位，或是容貌改變的時候，就會讓人對愛情感到幻滅。

原本這個故事的創意來源在於，如果可以死在心愛的人懷中該有多好。只不過這樣就會產生新的問題，那就是：誰要先死在誰的懷中呢？

如果相愛的兩個人離開人世時，身邊都是彼此的話，那真是浪漫……

我在我的小說裡面，完成了這件事情……

Chapter 9

電梯

有時候，就只差了那麼幾秒鐘。

勾著 Oscar 走進電梯的時候，我心裡其實沒有多想——我沒有多想等等要上去的那家餐廳，是以前我和 Philip 常去的地方，我也忘了那家餐廳是 Philip 帶我去之後，我才愛上的。

我按了八樓的按鈕，電梯門即將關上時，一個打扮時髦的女孩子匆忙在最後一秒鐘，用手阻止了電梯門的關閉。

我趕緊讓電梯門再度開啟。美麗女生看著我，微笑說了句「謝謝」。

「快點啦！」女生隨後回頭叫同行的人加速。於是一名男子與這女孩一起進了電梯。

Oscar 禮貌性地問了聲：「幾樓？」

「八樓。」那名男生說。

我一直低著頭，這時卻因為這個聲音，抬頭了。

那是 Philip。

Philip 與我四目交接，我看得出他的眼神也閃過了一抹驚慌。

畢竟剛分手一個月的男女，最好不要在個別帶著新對象約會時碰到面……

我的心裡一陣翻騰，卻也不難想像，他還是依著他的生活習慣對待他的新女友。

而那也是我們分手的原因之一。

我心裡祈禱著電梯趕快上去。我相信 Philip 也是相同想法。

看著上方樓層指示燈，從一樓、二樓、三樓到四樓，這短短的幾秒足夠讓我冷汗直流。

「妳沒事吧？」Oscar 細心詢問，我卻只希望時間趕快溜走。

「沒……」我的話沒說完，電梯忽然上下震動兩下，停止了。

這不是我在這地方第一次遇到，只不過現在的組合實在太不巧了。

「怎麼會這樣？」Philip 身邊的女生驚慌地叫著。我卻和 Philip 很有默契，他按緊急通話鈴，我接手對管理員說明情況。

事實上，我們倆都知道，這故障不會持續太久。

「一下子就好了，這是老毛病。」Philip 安撫著女生。

不過一旁的女生就和我第一次遇到這情況的反應一樣，開始著急大喊著。

「都是你啦，如果知道電梯會壞，幹嘛帶我來呀……」

我看著女孩，想起當時我也這麼無理取鬧時，Philip 對我說的話。

「別這樣啦，旁邊還有人，有事出去再說。」

「有人又怎樣，你每次約會都不事先準備好，出了問題，難道還是我的錯嗎？」我總是大聲吼回去。

「妳是希望電梯裡的人都聽到是不是呀？」Philip 壓低聲音，但有點發火。

「聽到又怎樣。」我不斷提高聲音。

「電梯會壞掉干我屁事喔，妳可以不要無理取鬧嗎？」到最後，Philip 也動了肝火。結果就是，我們在陌生人面前大吵了一架。

思緒回到密閉的電梯裡。Philip 看到身邊女孩的反應，看看我，竟然認錯。

「對不起啦，都是我不對，以後我一定會檢查好所有地方，再帶妳來，好嗎？」

看著眼前的女生，我反而覺得當時自己真的很無理。這種突發狀況能怪誰呢？

我趕緊回頭看向 Oscar，一臉歉意地對他說。

「Oscar 不好意思，是我帶你來這家店，沒想到遇到這種事情……」

「沒關係，這不關妳的事，等一下我帶妳去我常去的店吧。」Oscar 溫柔地說。

我眼角餘光瞥到 Philip 表情凝重地看著我與 Oscar 的互動，沒想到那名小姐似乎怒氣未消。

「最好你帶我來的這家餐廳有這麼好，還要我忍受這種事情，我以前男朋友帶我去的地方可都是台北市第一流的餐廳……」

看著女生，我只能說，Philip 實在是可憐了，她看起來比我野蠻更多……

這時電梯又啟動了，沒多久就抵達八樓。

Philip 與女生走出電梯後，Oscar 按下一樓的按鈕，準備帶我前往他所說的餐廳。

電梯門關上前，我和電梯外的 Philip，還是緊緊盯著對方到最後一秒。

出了電梯，離開那棟大樓後，我們到了 Oscar 介紹的高級餐廳。一頓飯下來，我的心思都不在餐點上，卻不斷回想與 Philip 相處時，也許我才是任性的那方。

一股衝動下，趁著 Oscar 上洗手間的空檔，我竟然拿起手機，打算傳簡訊給 Philip 告訴他，我看到他與剛才女生的互動，才了解以前的我多麼幼稚。

我簡訊寫到一半，沒想到 Philip 的簡訊來了。

Miffy：

對不起，看到妳男朋友對待妳的態度，我才覺得自己以前對妳多不好，也許沒機會了，但如果可以的話，我多想與妳重新來過。

Philip

我的眼眶微微紅了，雖然對眼前的 Oscar 很抱歉，但現在我迫不及待想要衝到 Philip 身邊，告訴他我有相同的感受。

只不過當 Oscar 一坐下，我正要開口的時候，Oscar 先說話了。

「對不起，Miffy……」Oscar 有點欲言又止。

「剛才在電梯裡面……那個女生……是我前女友……看了剛才的情景，我忽然覺得……她的脾氣還是只有我能忍受，我現在很想去找她，真的對不起！」

我一愣後，微微笑了。

Chapter 10

紙條

這一年來，我注意他很久了。

在銀行上班最有趣的部份，應該就是可以接觸到不同的人。

他是個標準的帥哥。

身高接近一百八十公分，下巴稜角分明，臉頰略帶鬍渣，還有一頭頹廢的長髮。

從他的資料看來，我想他是個公司負責人，應該是廣告相關的。

我一直都稱呼他為林先生。

前半年可能還算陌生，可是半年之後，他總是會故意多抽幾個號碼牌，以便到我的窗口讓我替他服務。

我曾經對他說，他可以直接叫我的名字，但是在他的口中，我永遠是劉小姐。

於是，我們持續了一年林先生與劉小姐的關係。

最近一個月的他看起來有點消瘦，來銀行時偶爾還帶著幾聲咳嗽。

「林先生，生病了喔？」我問。

「嗯……」他帶著一抹靦腆的笑。

這一天可能是我寂寞了二十九年的心靈作祟，我竟脫口而出。

「老婆怎麼都不照顧你呀……」我知道，我是揪著心頭在問的。

林先生咳了兩下後，看著我。

「劉小姐，別糗我了，我連女朋友都沒有，哪來的老婆呀。」

那一天，他的眼神直直盯著我看，看得我的心裡幾乎颳起龍捲風。

這個答案更讓我在之後幾天裡，完全無法平靜地工作。

說也奇怪，平均一個禮拜就會出現一次的林先生，在那之後卻有兩、三個禮拜沒有出現。

我心裡惦記著，只盼不是感冒惡化了。

就在一個沒有心理準備的午後，林先生冒著大雨走了進來。

「喔，雨也太大了吧……」林先生一邊拍打身上的雨水，一邊說著。

沒預期的我，忽然從耳根一直發紅到額頭，我面前的老婆婆便不明就裡地問道。

「劉小姐，妳沒事吧，怎麼好像發燒啦？」

我連忙尷尬陪笑，低下頭假裝處理別的事務。我心裡知道，上一次林先生離開時，我就下定決心要在林先生再來銀行的時候告白。

只是沒想到，他來得這麼突然。

我偷偷用餘光瞄了桌上的小鏡子一眼，確定我今天的妝髮無礙，然後趕緊處理完老婆婆的事情。

林先生今天將長髮綁了起來，看起來更有精神。不過他和以往一樣，拿了許多張號碼牌，等著我替他服務的機會。

「三六九號請到六號櫃檯。」銀行裡響起了機械式的聲音。

我看著林先生一步一步走向我的窗口。我急得低下頭，隨手拿了張紙條，寫道：「我喜歡你，可以進一步交往嗎？我的電話是0938222XXX」

我捏在手上，一抬頭，林先生已經站在我的窗口前了。

「林先生，今天要辦什麼樣的業務呢？」我僵硬的臉上硬擠出一絲笑容。

林先生看著我，那雙眼睛還是那樣深邃有魅力。

「今天，我其實是來看妳的……」林先生說話的同時，放下了他的大背包，然後伸出他黝黑的手臂，將某樣東西塞到了我手中。

我的心跳得厲害，但也沒有忘記我今天下定決心要做的事情。

「我也有東西要給你……」我的手像是發抖似地緊握著剛才寫的紙條，交到林先生手中。

同時間，我偷偷看了林先生交給我的東西，心裡想的和他接下來說的話一模一樣。

「也是紙條？」他說。

我害羞地點點頭，兩個人四目交接。我有想過，林先生應該對我也有相同的感覺，但是斷沒料到我倆的默契，竟會好到選擇同一天告白。

「那……要先看誰的呢？」林先生微笑說著，他微翹的嘴角真的充滿電力。

「都可以……」我整個臉已經紅到快要爆炸，林先生卻還是緊盯著我看。

「先看我……」林先生話沒說完，我搶先打斷。

「先看我的吧。」我搶著說。

林先生點頭，緩緩將我給他的紙條打開，認真看著，臉上露出些微驚訝的神情，甚至沉默了幾秒。

我心想，這種巧合任誰看到都會驚訝，他的反應我並不感到奇怪。

「……劉小姐，其實，前一陣子我的公司發生問題，現在已經收起來了，即使是這樣，妳還願意……如妳紙條上所寫的嗎？」林先生這時看起來特別清瘦。

「林先生，我看的不是那部份，你……想太多了……」我的臉已經紅到抬不起來了。

林先生靜靜看著我好一陣子，再度背起他的大背包。

「晚上七點，我來接妳，一起吃飯？」他說。

「嗯。」我的頭點到快要把脖子給扯斷。隨後林先生離開了銀行。我的心情雀躍到想在銀行裡跳起芭蕾舞。

忽然，我想要讓幸福的感受加倍，於是打開了林先生給我的紙條，上面寫著：

「搶劫，不要出聲，進去裡面把錢全部拿出來給我！」

瞬間，我傻了，全身的雞皮疙瘩像病毒一樣一波一波襲來。

如果剛才先看的是他的紙條……

還有今天晚上七點，我又應該……

Chapter 11

習慣

「在花蓮海邊寫生的時候邂逅的。」

這大概是我和阿泉的戀愛中，最浪漫的一個元素。

事實上，住在花蓮那樣的地方，也沒什麼好的社交環境可以認識好男人。當年讀大學的我，對於這樣的愛情故事開頭，就覺得很滿足。

而且阿泉的確是個好人。

他家裡開著傳統的雜貨店，即使連鎖便利商店大舉入侵各城市，阿泉的爸媽還是堅持要做自己，說是不能忘本。

阿泉也是如此的一個人。

臉皮薄、心腸好、生活規律、熱心公益。只有高中畢業的他，開著輛小發財車，到處送貨。

包括送我。

我暑假回花蓮時，阿泉總是會一早開車載我去那家老闆娘看著他長大的豆漿店，他喝他的冰豆漿配燒餅油條，我吃我的陽春麵。

每天八點，日復一日。

下午偶爾帶我去海邊走走，晚上看看電影，串串朋友家門子。

一度我以為，幸福就是如此，就是在這樣日復一日的笑聲中度過。

直到畢業後那年夏天，同校的物理系同學殺到花蓮來找我，我才發現，很多事情其實有更不同的天空。

物理系男同學開的是超過百萬的休旅車，住的是高級的渡假飯店，我便順便進去吃了早餐。

那不是看著阿泉長大的老闆娘他們家的早餐可以比擬的。

我的心起了微妙的變化。

當阿泉早上八點又載著我來豆漿店時，我開口了。

「阿泉，我們可以有一天不在這邊吃嗎？」

阿泉摸了摸頭。

「……我是不好意思啦，而且不在這邊吃，我也不知道要去哪裡吃……」

那一刻，我心中下了決定，我往後幾十年的早餐絕不在這裡解決。

那一年，我離開花蓮，來到台北。我和阿泉分手，陰錯陽差地，和那位物理系同學開始交往。

如我預料，我的生活有了極大的轉變。

早餐從星期一到星期五都有不同口味，週末更是偶爾在異國飯店中享受著選擇口味的自由。

我深深相信，這是我要的生活，不管是依靠男人與否，我都要過這樣的生活。

幾年後，我和物理男結婚了。

他們家優渥的家庭環境，雖然讓我覺得私生活有點受限，但是我可以挪用的資金和物質完全彌補了其他方面的缺陷。

我越投資越多，賺得也不少。

就在一切看起來都那麼美好的時候，物理男家裡爆出弊案，從政府官員一直到物理男的父親，無一倖免。

我甚至連帶遭到調查。

我的資金被凍結，所有的事業體都停擺。

一年後，物理男宣布破產。我和他離婚的那一年，我三十五歲。

我怪不得任何人，回到了花蓮老家。不幸中的大幸是，我沒有小孩，要從頭開始也許不難。

只不過，我心中的價值觀已經混亂不堪，再也不知道什麼是好、什麼是錯……

回到花蓮一個禮拜後，某個凌晨的我失了眠，獨自一人來到海邊，看著那個曾經開始一段戀情的風景，心裡驟生死意……

在猶豫與害怕的拉扯之後，卻日出了。

不知怎地，我想要到某個地方，看看某人。

於是，在七點半左右，我走到了那家久違的豆漿店，點了一碗陽春麵，小小口吃著……

時間一分一秒地過去，客人一個一個來去，我看著店內時鐘寫著八點零三分時，阿泉走了進來。

一個人。

和老闆娘點完東西後，阿泉發現了我。看著我的臉，他驚訝得說不出話，然後慢慢地，朝我走來。

「……回來了呀？」阿泉問。

「嗯。」

「……還是陽春麵？」阿泉問。

「嗯。」

「自己吃？」阿泉問。

「……要……一起……」我鼓起勇氣邀約他坐下來的同時，老闆娘的話打斷了我的疑問句。

「阿泉你的好了喔，你老婆的蛋餅，還有你的豆漿加燒餅油條。」阿泉接了過來，付了錢。

「妳剛剛說什麼？」阿泉問。

我強行壓抑自己的淚腺。

「……沒事……再見。」

有些習慣不會變，但有些事情，還是會變的……

Chapter 12

立場

春天的午後，我和我男朋友 Dennis，還有 Elsa 和她男朋友翅膀，一起待在轉角的咖啡廳，享受著上班族少有的悠閒。

「Dawn，妳真幸福，竟然在這種上班時間可以待在外面。」Elsa 說。

Dawn 是我的名字。

「這是身為業務員的自由呀！說我咧，那你們兩個還不是一樣，自己開公司就可以這麼快活喔？」我覺得，Elsa 和她男朋友翅膀一起開的公司業績肯定不好，從他們的工作態度就可以看得出來。

「對呀，自己開公司真的很爽，不像上班族一樣。」顯然 Elsa 聽不出我話中的諷刺。

Elsa 和我是從國中就開始混在一起的死黨。從小到大，我們兩個總是什麼都在比較，比分數、比學校、比工作，當然現在也比男人。

「不過自已開公司也是累啦，還是我們家 Dennis 比較好，只要家裡的大人倒下，立刻就可以繼承幾千萬的遺產。」我刻意炫耀。

「……白手起家才是王道吧，誰知道那些錢到頭來會不會被捐出去，又或者被 Dennis 敗光……」Elsa 的反應聽起來是開始不爽了。

我就是看不慣他們兩個，做個小小的網拍生意，硬要講得自己很屌。

「你們女人呀，不要老是在那邊講風涼話，要知道不管是開公司或繼承家業，身為男人，都是很辛苦的。」奇怪的是，Dennis 竟然插嘴了。

「Dennis 說得好，不要在那邊三姑六婆，現在台灣景氣這麼差，不管是怎麼樣，男人都要背負極大的壓力，不是妳們能想像的。」翊膀竟然也幫起腔來。

「說什麼呀！女人也是有社會壓力的，不需要大男人主義作祟吧？Dawn，妳說是吧？」Elsa 認真了。

原本應該是我與 Dennis 一國，Elsa 與翅膀一國的情況，沒想到一下子就變成男女之間的對抗。

這可不是我樂見的。

「唉唷，景氣那麼差，還不就應該怪政府，要不是綠色的那群人這幾年把國家搞爛了，大家也不需要壓力這麼大。」我試圖轉移話題。

「拜託，怪綠色的幹嘛？不需要推卸責任吧？」Elsa 跳起來了，明明剛才還與我同一陣線。

「Elsa 說得對喔，Dawn 妳不應該這麼說的。」哇靠，Dennis 竟然幫起她來了。交往了幾個月，我直到現在才知道他的「顏色」。

「我……」我正打算替自己辯護，畢竟 Dennis 應該要和我同一邊才對。

「Dawn 哪裡有說錯，要不是這幾年，綠色執政把一切搞壞，以藍色的能力，怎麼可能不會讓經濟好轉？」這時候，翅膀竟然替我說話了。

只見Elsa瞪大眼看著翅膀，大家都說不出話來。場面一度尷尬了起來。我還真難想像，我竟然和Elsa的男人翅膀會有立場一致的時候。

「好啦好啦不重要，翅膀，你有菸嗎？」Dennis出來打圓場，雖然是用抽菸這個我最不喜歡的其中一個行為。

翅膀瞄了一下Elsa，示意她拿東西出來。這時Elsa做出了令我難以接受的舉動，不但給了Dennis和翅膀一人一支菸，也點燃了自己手上的菸，往嘴裡送。

「Elsa，妳什麼時候開始抽菸的？我怎麼不知道？」我一臉驚訝。

「這種事情沒必要報告吧！重點是，我們三個人都抽菸，妳幹嘛不抽？」

「我……」我從小就對抽菸過敏，因此一瞬間忽然覺得，自己成了異類。

「對呀，我也一直教育她，可是她很堅持的呢。」Dennis一邊吐著煙圈，也在同時間取笑起我來，我不禁有點心寒。

這時候翅膀更是直接將煙朝我臉上吐。

「咳、咳……」二手菸讓我的氣管很不舒服，於是我邊咳邊走出咖啡廳。同時間，我似乎還聽到他們三人的笑聲。

我想，我的心裡可能比氣管更不舒服……

瞬間，我對於「立場」兩個字，產生了好深沉的感覺，這世上似乎立場不同，就會受到攻擊……

我站在咖啡廳外發呆時，兩名蒙臉男子迅速走進咖啡廳。

我還來不及反應，就隔著玻璃窗看到蒙面人舉著手槍威脅店員拿錢，然後回過頭準備對剛剛那三位和我立場不同的人行搶。

我聽不到落地窗彼方的聲音，耳邊只有馬路旁的汽車聲。

但我看到落地窗那頭，三個剛才立場一致的人正彼此推擠著，醜惡的嘴臉顯露無遺，就是不願讓自己成為槍口瞄準的對象。

這過程不到十秒鐘，我看見槍口剎那的火燄，以及三名陸續倒下的人。

無聲無息。

Chapter 13

如果

兩年前，我愛上了 Taylor。

他是個摩羯座的好男人，沉默不多話，卻細心得讓人驚艷。我喜歡他只會傾聽卻不過問的個性，對於射手座的我而言，這真是絕佳的組合。

剛開始時，我們愛得轟轟烈烈，每天感情的溫度只會漲停，不曾下跌，從不覺得我們的愛情股價會有不景氣的時候。

半年之後，我和 Taylor 租了一間小套房，開始另外一個感情階段。我們一起朝著相同的目標前進，一起做著步上紅地毯的美夢，一起努力工作著。

因為太幸福了，以至於這段期間內，我們說過很多莫名奇妙的話。

應該說，「我」說過很多莫名奇妙的話。

例如：「Taylor，如果我死了，你要在一個月內找到另外一個女人唷，我不想要你一個人孤單。」或者是：「Taylor，如果我們生了小孩，你不能夠讓小孩太喜歡你，你一定要扮壞人。」

我甚至說：「Taylor，如果我先不愛你了，想要和你分手，你一定要比我更早提出分手，不能讓我成為提出分手的壞女人唷。」

最後的這個「如果」Taylor 最在意，不過他在意的是邏輯問題。

「如果妳想分手，一定是妳提出的，我又怎麼有辦法搶先提出，然後假扮壞男人呢？」

我轉了轉眼睛，笑嘻嘻地想著，然後說：「有辦法啦，我的胃很好對吧，我從沒胃痛過，所以 Taylor，哪一天你要找我吃飯時，如果我說我反胃，就表示這個『如果』已經成真了……」

Taylor 笑了笑：「遵命。」

當時想都沒想過，這些玩笑話會有成真的一天。

然而，住在一起之後，開始產生很多摩擦。我們吵架、冷戰、和好、爭辯，種種過程都經歷了，也磨損了一大半我對 Taylor 的熱情。

雖然 Taylor 始終努力工作，對我依然時刻關心與照顧，但是隨著我晚歸的頻率增加，我知道我對 Taylor 的愛情已經消逝……

同住在一個屋簷下，我們常常只能在早餐前碰個面，晚上睡前說句話。

我心裡知道，我已經到極限了，我好想分手。但這種事情我沒有做過，我竟然將分手的念頭放在心裡發酵了好幾個禮拜。

一直到這一天。

Taylor 和我碰巧都提早回到家，Taylor 開心得像是要挽回我們過往的愛情般，熱情地招呼我。

「Yumi，妳坐下來，我弄牛排大餐給妳吃，今天晚上，我們來頓浪漫的燭光晚餐吧。」

Taylor自顧自地從冰箱裡面拿出肉排，口中哼著音樂，一手還拿著平底鍋在洗手槽上清洗著。

「啦……啦啦啦……」Taylor身手敏捷地處理著他所謂的大餐，一旁的我卻說不出半句話來。

「Yumi，怎麼啦？妳要黑胡椒醬還是蘑菇醬？」說話的同時，Taylor依舊背對著我處理食材。

我遲疑了幾秒鐘後，想起我們曾經說過的話，發抖的嘴唇吐出了幾個字。

「……我……不吃，我有點反胃……」

說完話之後，我幾乎不敢看Taylor的背影。Taylor處理牛排的背影停頓了將近十秒鐘左右，才繼續哼歌處理肉排。

在這之後，在牛排上桌之前，我們兩個沒有再說過半句話。

接著，Taylor弄了一盤牛小排在我面前，淋上熱騰騰的黑胡椒醬。

「……Yumi，其實今天，是因為我有話要對妳說……」Taylor邊吃著自己的牛排，一邊假裝為難地說著。

我不敢看他。

「我其實……喜歡上……公司裡的同事了，她叫做……嗯……小美吧……真、真的對不起妳……我應該早點說的……」Taylor 雙手合十做出拜拜的手勢表示歉意。

我的眼眶則是滾滿淚水。

我知道我不愛他了，但我沒想到他還記得我對他說過的話。為了不讓我有罪惡感，他竟然還這麼認真地演出。

「Yumi，不、不要哭……我、我是個壞人我知道，提早和我分開其實也好……」Taylor 自己說得哽咽了起來，我的眼淚則是不聽話地流滿整臉。

我厭惡自己連分手都不敢提，不敢承擔罪惡感，卻要眼睜睜看著這個還深愛著我的男人演戲作賤自己。

「我……等等會收拾行李的……」Taylor 說。我則是擺擺手，希望他不要再配合下去了。

「不用、不用……我要搬回我家，你繼續住在這裡吧。」再也按耐不住的我，趕緊跑回房間打包衣物。

「是我不好……Taylor，你一定會幸福的……」我心裡這麼想著。

拖著行李走出客廳的我，因為罪惡感作祟不敢多和 Taylor 講話，於是我一路走進電梯，走出了我們一起住了兩年的房子。

「之前的『如果』成真了……可是，『如果』我再試一段時間看看呢……」坐在計程車上望著窗外的我，忽然湧起這個念頭。我想要再假設一次，假設自己可能再重新愛上 Taylor 一次。

畢竟，他是個這麼處處都為我著想的好男人。

於是我讓計程車掉頭，然後匆忙又搭了電梯回到我和 Taylor 的愛屋門前，按下電鈴，我期待 Taylor 喜出望外的表情。

只不過才過了短短一小時左右，光著上半身走出來開門的 Taylor，身邊竟然已經多了一個女人……

我想，那女人是 Taylor 劇本中叫做小美的角色……

原來，我的『如果』一直都沒有成真過……

Chapter 14

鄰居

和隔壁十幾年的鄰居阿霞寒暄幾句之後，我在心中迅速盤算之後的計畫。

我拿著那封看似寄錯的信件，走到這個陌生的門口，沉重地按下門鈴。

叮咚！

女子出來開門的時間其實不長，但我的手心卻在這幾秒內滲出了冷汗。

門開了。來人如我所料，是年輕貌美的女子，看起來約莫二十來歲，連在家裡的妝都畫得不淡，更加貼近了我的猜測。

「請問妳找哪位？」女子講話輕聲細語。在我接近五十歲的人生歷練中，我知道這樣的女人最吸引男人。

「一百二十號八樓之三是妳這間吧？信件寄到我家去了。」我幽幽拿出信件，但並不打算直接交給她。

「啊，這樣呀，真是不好意思，我剛搬進來沒多久，可能是郵差搞錯了。」女孩滿臉笑意，我也跟著陪笑。

只不過，我心裡面可是專心注意著她的每個反應與動作。

因為這封信的收信人，是我結婚二十幾年的先生——王忠德。

這二十幾年來，我隨時掌控他的行蹤，了解他的作息，甚至會實際計算他各種交通工具的通勤時間，因此我可以很有把握地說，我先生絕對沒有外遇的機會。

但我前兩天在家裡收到這封信的時候，還是心頭一驚。雖然署名是王忠德，地址卻是八樓之三，而我們家正確的地址是八樓之一。

這一層只有三戶，八樓之一到八樓之三，中間那戶是我十幾年來談天說地的老鄰居阿霞，八樓之三則是上個月才搬來的新鄰居。

也就是我現在面對的妙齡女子。

信件的內容我已經偷偷拆開來看過，就是一般賣場的DM，但除非有去消費過，否則賣場不會直接寄來這種DM，而我的記憶裡面，我和忠德並沒有去過那樣的地方消費。

也就是說，這位小姐家裡應該也有一個叫做王忠德的人，然後兩人一起去過這地方購物，才會出現這種情況。

但真的會這麼巧，同一層樓裡住著兩個姓名相同的人嗎？我們相安無事二十幾年，並不表示我的警戒心有絲毫下滑。我合理懷疑，為了在我嚴密的監視下外遇，忠德想到了最省時間的方法。

那就是將外遇對象搬到我家隔壁住。我越想越害怕。如果這是真的，我真難想像忠德是花費多少心思，去使出這個險招——最危險的地方，就是最安全的地方。要不是這封寄錯的信，我可能一點感覺都沒有。

我想起了先前鄰居阿霞和我描述的情況。

「那女孩子好像是一個人住，長得還挺漂亮的，也沒看過有什麼陌生男人在我們這層出入。」阿霞如是說。

我心想，阿霞當然不懂，因為就算阿霞看到我先生在這邊出入，也不會覺得有任何疑問。這就是忠德打的算盤。

女孩看我沒有打算將信交給她，尷尬了一下，連忙改口。

「您住隔壁吧，要進來坐一下嗎？」

這正如我意。我也老實不客氣地走了進去，順手將信封交給她。在這些動作當中，我發現她並沒有認出我是誰，也就是說，她並不知道我就是他情人的黃臉婆，這一點對我來說很有用。

我坐在沙發上，女孩倒了杯水給我，不過我並不打算花太多時間。

「……妳不確認一下？這封信確定是要寄給妳的嗎？」我想觀察她在看到信封上的名字時會有什麼反應。

女孩聽完我的話，拿起信封看了一下。我注意到她閃過了一抹「故作鎮定」的神情，然後沒有說話，似乎在思考。

「所以……妳們家有一位王先生了？好像沒看見他耶，是妳先生嗎？」當我說出這番話之後，她的反應開始改變了。

「沒有這個人，不過地址是我們家的，我先留下來看看好了……請問妳還有事情嗎？我剛好有事要出門了，不好意思。」女孩急著打發我走，我卻越來越覺得我接近事實的核心了。

事實上，我刻意在這個時間點找她，也是計算好的，因為現在正是忠德回家的時候，只不過我忽略掉了一點。

我走進她家門時，並沒有隨手將門關起，以致於這時候，我發現女孩的眼光看向門外時，我後悔了。

因為忠德真的走了進來。

我循著女生的眼光一回頭，與忠德碰個正著。這時三個人的臉色似乎都不是那麼自然，忠德卻在瞬間迅速開口。

「我看背影就是妳呀，怎麼跑到隔壁人家家裡來了？」忠德說得輕鬆，我卻在心中暗自咒罵自己的疏忽。如果剛才我有關上門的話，就表示忠德來這個八樓之三是為了找這女孩，而不是因為看到我的背影，這樣他們也就百口莫辯了。

「串串門子呀，新鄰居嘛。」正當我心中宣告計畫失敗，準備退場時，我看到女孩的神情有鬆了一口氣的感覺。

而看著這名女孩的身材曲線，我真的對自己感到灰心。就在我跟著忠德，準備離開八樓之三的時候，八樓之三裡面的某個門傳來了另外一個聲音。

「這麼熱鬧，是不是妳爸回來了？」從裡面某個房間門打開，講著話走出來的人，赫然是我再熟悉不過的臉孔。

阿霞。

隨著阿霞的這句話，我腦中所有疑惑全都解開了。

從那個門的方向，我可以推測，他們將八樓之二和八樓之三打通了，阿霞住在八樓之二，女兒長大了，便讓她住在八樓之三。

原來我想到的方法，忠德在二十幾年前就想到了……

Chapter 15

寵物

我覺得，我的感情有蠢蠢欲動的徵兆。

說起來，也可能是因為最近太順遂了。在這個不景氣的年代，我竟然很幸運可以找到國內知名大企業的工作，光是公司員工就有幾千人，更不要說，我應徵到我企盼已久的職位。

雖然我和男朋友阿太感情穩定，但他安於現狀、內向含蓄的個性，總是讓我在某些時候產生強烈的排斥感。

男人不就應該要做大事、成大器嗎？

就連上個禮拜我生日，阿太準備給我的驚喜，都是一隻迷你貴賓狗……

拜託，我是想要養寵物沒錯，但是我想要大器點的呀……就算不是黃金獵犬，也要來個拉布拉多吧？

「養小型犬比較不會對生活產生太大的影響啦！」阿太如是說。

沒擔當……

難道不知道我心裡想的盡是我和我的男人牽著一條大狗在街上閒逛，享受眾人目光的快感嗎？

話題拉回我的公司。

在這家上市的大企業裡，高級主管都擁有人人稱羨的薪資以及紅利，當然這些高級主管個個都有能力管理一家中小企業。

其中面試我的主考官——也就是我現在的老闆 Henry，不但擁有上述條件，他還溫文儒雅、談吐斯文，讓我一想到要來上班，都會怦然心動。

「妳到 Henry 部門呀？恭喜妳喔，Bianca。」人事部門的小姐見到我時如此說著。

「怎麼說恭喜呀？」我逮住機會想多得到些資訊。

「Henry人很好呀，能力又強。」

「他老婆真幸福。」我刻意變相詢問。

「他單身啦！」

「這麼孤單？」我心中竊喜。

「應該不會，聽說他都花很多時間在他的寵物上面。」人事小姐微笑著。

光是從同事得來的消息，我就聽到一堆利多，雖然心裡對阿太有點過意不去，但是我不得不承認，聽到Henry單身又喜歡寵物，我的心有點平靜不下來。

然而更好的事情竟然隨之而來。

進公司不到一個月，Henry就把我叫進他的辦公室。

「Bianca，前幾天那個案子妳處理得很好，很值得讚揚。」Henry的聲音總是沉穩。

「謝謝。」

「……妳平常都做些什麼樣的休閒活動？」老闆有時候也會問問私人話題。

「看書之類的，偶爾會帶我的寵物去戶外走走。」我隱瞞了男朋友這個部份。

「妳喜歡寵物呀？」

「對呀，老闆你也喜歡嗎？」其實我早就知道。

「嗯，我是養了好幾隻寵物。」

「大型的嗎？」這是重點。

「算吧，有的和妳一般大。我把金錢和時間幾乎都花在這些寵物身上了，改天有機會的話，我們可以一起出來走走呀。」

果然是大器的人。

這話題結束後不久，我就走出 Henry 辦公室了。這也是為何我覺得我的感情有蠢蠢欲動的徵兆，因為那算是 Henry 對我提出邀約了吧……

我的心情無法平靜，還在為是否要背著阿太和老闆出遊而天人交戰時，Henry 的郵件已經出現在我電腦的信箱裡。

不知道還會出現什麼好事的我，壓抑住情緒，興奮地點開了信件。

Dear Bianca：

雖然我大部分時間已經被寵物佔據，但是每個禮拜一和禮拜三晚上，我都還是空閒的。而且我會很疼愛我的每個寵物，絕不偏心。

因此，妳願意當我的寵物嗎？當然，以後每個月初，妳的户頭都會多出十萬元的寵物費。

愛妳的主人　Henry

我的眼睛停留在最後 Henry 的名字上，久久不能自己……腹部深處更湧出了大量胃酸……

原來，這就是大器的人……

霎時間，我覺得迷你貴賓狗還是比較適合我的生活習慣。

Chapter 16

忌日

老公走的那一年，我才三十歲。

時間過得很快，一瞬間已經過了八年。八年來的這一天，我都會到老公的墳前上香，這已經是我每年必走的行程之一。

老公 Danny 大我幾歲，走得時候算是事業有成，當到了美商藥廠的副總。只可惜，能力再強，也抵不過車禍這種意外。

雖然我和他結婚不到五年他就離開我，但我知道自己在感情上十分依賴他。然而，我明明婚前在銀行服務，專門核對客戶基本資料，卻在 Danny 死後，一直無法將他的帳對起來。

我從他的往來帳戶裡發現了一筆每個月會固定扣除的金額，雖然數字不是那麼大，但我的直覺告訴我，那是一筆可以養活另外一個人的數目。

雖然人已經走了，這件事情卻困惑我許久，我也找不到另外的證據去支持我的假設。

我的假設就是，Danny 生前除了和我的婚姻之外，還有另外一段感情，也就是外遇。

在他走後的這幾年，這筆帳始終困擾著我。

我知道這一切沒有意義，但我只想要知道真相。就在我每一年都會重複執行的行程當中，我嗅到了那麼一些蛛絲馬跡。

每一年 Danny 的忌日，我都是大約上午十一點左右到達他的墳前。前四年我一直沒有特別注意，一直到第五年，才開始有所發現。

在我去祭拜他之前，總是有人已經去過，墳上會放著 Danny 生前最愛的百合花。這情況讓我提醒自己，第六年我一定要提早些到達。

無奈這一年一次的行程，實在很難記牢。到了第六年，我依舊十一點左右抵達，依舊發現了百合花，依舊懷疑，依舊告訴自己明年要提早到。

我刻意寫在了記事本上面。

到了第七年，我大約九點就到了。令人驚訝的是，百合花已經好整以暇地躺在墳前，而當地公墓開放時間是從早上八點半開始，也就是說，這個每年都來祭拜我老公的人，都是趕在忌日的最早一刻。

女人的直覺提醒我，有什麼朋友會這麼重視一個人？會這麼持續每年採取同樣的行動？

我當然越來越懷疑。於是今年——第八年，我八點不到就抵達現場，公墓還沒有開放，我相信老公的墳前也還沒有人來祭拜。

我躲在角落看著。果然八點半一到，一輛紅色轎車開到了門前，從車上走下來的是一個清秀的女子，身材苗條、五官非常美麗，不過我很難從長相去推算出她的年紀，從二十到三十歲之間都有可能。

不過，手捧百合花的她，讓我確信她就是每一年都來我老公墳前上香的人。我在一旁靜靜看她上完香，擺好百合花之後，我才走了出來，站在女孩的身後。

那女孩聽到了我的腳步聲，回過頭看著我，臉上閃過半抹驚訝的神情。

我靜靜看著她，她也一句話不說地低著頭。這時墓地裡的寒風吹著，帶著那麼點詭譎的寂靜。

忽然，入口處傳來了幾個小朋友的聲音，劃破了寧靜。應該是別人的家屬，也陸續進來參拜了。

「……Danny的錢，都是匯給妳的吧？」我終於開口問。

女孩點了點頭。我則是不忍再問下一句，畢竟我不希望我的懷疑是準確的。

「……妳和他……」我的話說到一半，竟然哽咽得說不下去。旁邊的小孩子不停傳來喧鬧聲，似乎提醒了女孩什麼，她忽然果斷開口打斷了我的話。

「您誤會了……」女孩的聲音非常動人。

「楊先生的確是每個月匯錢給我，不過……我是兒福之家出來的……」女孩子的聲音動聽得連一旁的小孩都安靜下來。

「八年前，我才十二歲，楊先生每個月都會匯錢給我，包括我的學費，還有電腦等很好的設備，他都會買給我。」女孩像是回想往事般說著。

「每一年我生日，楊先生總是第一個祝我生日快樂，因此我希望每一年他的忌日，我也是第一個來看他的。」

我的心，稍微平靜了。的確，八年了，女孩子可以有很大的變化了，也難怪我看到亭亭玉立的她會誤解。

我笑了笑，並不再說些什麼。我想我八年來的疑惑，得到了解答。

正當女孩向我點了點頭，微笑轉身準備離開我時，我當年銀行行員的老習慣用語，忽然脫口而出。

「妳今年二十歲，是屬老鼠的吧？」

女孩一征。

「對……」隨口應了一聲後，女孩心裡像是在默算什麼，接著一臉惶恐地回頭，瞪大眼睛看著我。

我的嘴角微揚，心頭卻往下沉。

這困惑了我八年的帳，我現在總算是算清楚了……

Chapter 17

禮物

和 Will 交往的那段日子裡，我總是在期待寒暑假的到來。原因無他，只因我們是遠距離戀愛。他在美國讀書，而我在台灣上班。

每一年，只有這兩個時期我們能見上一面，一解相思之苦。朋友常笑說我們兩個就像牛郎與織女，要等到七夕才能相逢。

每次見面的時間也剛好與兩個節日非常接近，一個是二月十四日西洋情人節，一個是農曆七月七日的七夕。

我的英文名字叫做 Lucy，是在科學園區上班的工程師。就像每一個普通女人一樣，我每一年都想盡辦法精心準備禮物，期待看到 Will 打開禮物的時候，那種毫無預警的驚喜。

只不過，Will 每一年都是帶著兩串蕉，兩手空空赴約。

這一點讓我多有抱怨，但他總有他的理由。

「妳知道從美國到台灣有多遠嗎？可以見到面，我覺得就是最棒的禮物了。我覺得我可以在妳身邊，真的就是最棒的禮物了。」

我無言以對。

不過女孩子嘛，我還是喜歡享受自己逛街挑禮物的樂趣。因此每一次見面，Will 就多了一件禮物。

時間這麼一年一年過去，Will 畢了業，決定回台灣工作。不巧的是，他的工作經常需要到國外出差，我們見面的日子一樣沒有定數。

那一年的西洋情人節，我特別安排了要提前兩個月才能訂到的餐廳，然後將年終獎金挪出大半來，希望藉由一次重大的禮物，讓 Will 感受到我對這件事情的用心和重視。

我真的認為，如果往後幾十年裡，每逢特別節日，就是兩個人租片DVD，躺在家中沙發懶洋洋地度過，那樣的人生也真是太沒意義了。

沒想到，這個夜晚，卻變成了我們吵架的導火線。

在高雅的餐廳用餐之後，Will試圖自己去結帳。這雖然在我的意料之外（我打算給他驚喜，當然是我買單），但事情這樣進行似乎也不是壞事。

結完帳後，Will一路上卻沒給我好臉色。

「你有什麼話就說吧，沒必要這樣。」我說。

「那一頓飯花了五千多元，我們有必要這樣花錢嗎？」Will臉色很不好。

「你在小氣什麼呀，我本來要自己付的，是你自己搶著付帳，你要是真的不高興，我把錢還你就是了。」這下我也心情不好了起來。

「妳覺得我和妳在意錢嗎？我們難得見面，我只不過想要安靜的和妳共處，這樣我就很開心了。」

「今天是情人節耶，有人情人節不送禮物、不過節的嗎？就算你覺得見到面就很滿足，但你有沒有想過我的需求呢？」

Will 這時被我激得也激動了起來。

「妳的需求？妳的需求就是把我們辛苦賺來的錢，拿去花在沒意義的名牌上？妳不是說想要結婚，那我們就應該好好存錢，才有可能有好生活……」Will 的聲音越來越大，大到我都哭了。

這時可能 Will 也發現自己的不理性，搭著我的肩，輕輕撫慰我。我則是一邊流眼淚，一邊從包包裡拿出T開頭的飾品禮盒。

「情人節……快樂……」我邊哭邊說。

Will 苦笑。

那天晚上，就在這樣不清不楚的情況下度過了。我不清楚他懂了我心意沒，但我知道我不想接受他「在身邊就是最棒禮物」的說法……

約莫半年過後，很快地，七夕又來臨了。

大約是七夕來臨前一個月左右，只要報章雜誌或媒體報導相關消息，我們兩個就會刻意迴避。

似乎彼此都很怕，又是個吵架的導火線。

不巧的是，七夕來臨前兩個禮拜，Will又得出差歐洲，這一次回來的時間無法確定，很有可能七夕過後才會回到台灣。我心裡真不知道這算好事還是壞事，至少不會有衝突發生了吧……

只不過七夕前幾天，走在百貨公司裡頭的我，還是被浪漫氣氛所影響，一個衝動下又買了件名牌襯衫，打算送給Will。

這時候，Will從國外來了電話。

「Lucy，事情處理完了，我可以回台灣了，大概是七夕的前一天晚上可以到台灣。我們……一起過節吧！」Will在那頭的聲音聽起來很溫柔。

經過上次的事件，現在Will可以回來一起度過七夕，我還真的是神經緊繃了起來。

我心裡想，我還是先把禮物藏起來吧，如果他這一次還是沒有任何表示的話……

我抱著忐忑不安的心到機場接機，等了半天，超過了飛機抵達時間已經五、六個小時，卻還是沒看到任何該班機的消息。

我心頭忽然起了不好的預感。無計可施的情況下，忽然接到 Will 同事打來的電話。

「Lucy，Will 走了……飛機……失事了……」

聽到消息後，我腦中一片空白，沒有任何情緒反應，在機場又呆坐了一個小時。然後，在自己完全無意識的情況下，回到了家。

不開燈，灰暗的，我呆滯地坐在家裡，看著新聞報導。從七夕的前一天晚上，一直呆坐到七夕的白天。

看著我幫 Will 買的襯衫，我忽然覺得，心裡某一處似乎破了個洞。然後我想起了當年他還在美國讀書時，對我說的話。

「妳知道從美國到台灣有多遠嗎？可以見到面，我覺得就是最棒的禮物了。我覺得我可以在你身邊，真的就是最棒的禮物了。」

我懂了，Will，我真的懂你的意思了……不過，好像有點晚……

我坐在家裡，準備自己迎接七夕夜晚的到來，下午時卻被陌生人打擾了。

「請簽收，國際包裹。」一個快遞人員按了門鈴。

我打開一看，是一雙歐洲名牌的高跟鞋。但鞋子的尺寸卻比我的腳大了一號……上面的卡片寫著：

我懂妳的意思了，我會在以後的重要日子裡，都給妳一份驚喜的。

Will

原來，我們都懂彼此的想法了……

Chapter 18

真相

我相信當初白先生在確定是他「當選」之後，心裡頭是極度高興的。

經過兩個多月的你追我搶，我終於從一堆顏色當中，挑選出交往的對象。很難理解嗎？簡單說，就是因為某次朋友的聚會之後，同時有四個男人追我，包括最後雀屏中選的「白」先生、很man的「藍」先生、比較本土的「黃」先生，以及勉強可以當成一種顏色的陳（橙）先生。

當然每個男人都各有優點，只不過白先生的纖細以及敏感，對於喜歡文學的我來說，似乎比較適當。

雖說如此，開始交往之後，我卻也感到了些許困惑。

感情脆弱又容易不安的白先生，不但很提防我的交友狀態，就連他自己的家世、有幾個兄弟姐妹等，也說得不清不楚。

只要是我提到了他沒聽過的男人名字，他就會神經緊繃。對於我的情史，他更是如數家珍般推算著邏輯，以及時間是否吻合。

我初期不以為意。甚至這樣呵護倍至的對待，還讓我心裡起了小小的甜蜜，我確信我的選擇是正確的。

只不過在交往了一個月左右，我發現了一些異狀。

第一個月內，我和白先生光是吃飯看電影，就不下十次。他總是含蓄地想要牽手或進行更親密的動作，卻都被我巧妙制止。

我不確定這是否影響到了他對我的感覺。

只不過某一天出門吃飯，我卻感覺到白先生顯露出更多不安，就像是見不到我般不安。

「Sharon，過去的事情盡量忘記吧，我們做人要往前看，不需要再與從前的感情聯絡。」晚餐時他認真地說。

我覺得有點好笑，因為都是他提起的。

「不會啦，我不會和他們聯絡啦。」我笑著說。

白先生像是有點放心地站起身來。

「我去上個廁所。」

我微笑著。只不過就在他離開座位數分鐘之後，我忽然從他放在座位上沒有拉緊拉鏈的背包縫隙中，看到一張令我好奇的紙張。

我望了下廁所方向，尚未看到白先生的人影，於是我將那張紙偷偷從背包抽了出來。

那是一張機票，一張寫著明天日期的機票！

我從來沒有聽他說過。我還來不及看地點，就發現白先生已經從廁所方向朝我們座位處走來，我急忙將機票隱密地塞進背包中。

然後若無其事地給了白先生一個笑容。

「你有事情要對我說嗎？」我問。

白先生搖頭，這件事讓我當天晚上徹夜失眠。

我心想，這傢伙一定有事情瞞著我，而且絕對不是好事情。我匆忙中忘了看班機時間，但我確定是隔天的飛機，因此我決定要在他飛機離開之前打電話給他。

沒想到隔天上午我還沒打電話過去，他已經先打過來。

「Sharon，晚上吃飯，我去接妳唷。」白先生的聲音。

我不禁傻了……難不成，那只是一張廢了的機票？還是說，他昨天發現我看到機票了，刻意取消原訂的計畫，怕我起疑？

那天晚上，我開始很仔細地觀察他，總覺得有什麼地方不對勁，但說不上來。就連我不經意地去觸碰他的手，他都有意無意地避開……

爾後的一個月內，我們只吃了五次飯，每次都是草草結束，甚至白先生總會在席間接到莫名的電話，還刻意走到門外接聽。

這些小細節，都讓我懷疑是因為我初期較冷淡的態度，讓他的心思變了。

最後一次，果然被我偷聽出問題了。

「好，好，親愛的……我知道，都交給我，好嗎……」

我躲在柱子後方偷聽白先生的對話，讓我的心情霎時間跌到谷底。當初我精挑細選的對象，如今似乎也不過是個劈腿的傢伙。

吃完飯後，我被白先生送回家裡。這個月他每次送我回到家後，都像是如釋重負，輕鬆開著車離去。

我很難過，但更讓我吐血的事情才要發生。偷聽電話事件後的幾天，白先生都沒有打電話來，一直到當週的星期五。

「喂，Sharon！」白先生的聲音聽起來相當高興。

「……有事嗎？」我則是冷淡地像塊冰。

「明天有個餐會，妳可以陪我參加嗎？」

「……」我不置可否。一方面又想要聽他解釋，一方面我又很生氣，只不過最後我還是答應了他，約了晚上七點和他在餐會地點見。

隔天也許是因為我的心情沒有調適好，光是梳妝打扮就花了不少時間，又遇上塞車，以致於我抵達現場時，已經快要八點了。

我檢視了下我的妝是否完美後，兩步併做一步地走往他告訴我的宴會廳，並沒有預期到真正的晴天霹靂，即將在我眼前活生生響起。

我推開宴會廳大門時，我的直覺告訴我這是一場婚宴，而且儀式正在進行中。站在台上的是一個穿著婚紗的女人，以及穿著合身西裝的白先生……

我沒看他那麼帥過。我這輩子也從來沒有這麼樣的震驚與難過。司儀還在台上主持著婚禮，妙語如珠的台詞讓宴席間的男女老少都忘情鼓掌。

而我，傻傻站在走道中，不知道自己站在這個地方的意義為何……是要羞辱我嗎？果然這一個月來的壞預感全部成真。但是，如果不喜歡我，可以直接告訴我，有必要這樣子對我嗎？

我的眼淚無預警地流了下來，心裡頭強烈地憐惜著自己，怎麼會這麼不長眼，和這樣的男人交往，還聽他的話讓自己陷入這種情境中。

我僵在場中央進退不得。這時，台上的白先生終於看到我了……

「Sharon！」台上的白先生有點驚訝，但似乎沒有任何罪惡感……可笑的是，我在這一刻竟然檢討起自己，是否從頭到尾都是自己會錯意，他根本只是把我當好朋友，而不是女朋友呢？

我試著想要表示風度，但卻越發哭得泣不成聲。司儀看著我，口中的賀詞也停了，全場的宴客們個個尷尬地看著我……

全場靜默了數秒，只聽得到我的哽咽聲……忽然，我背後又傳出了一句叫聲。

「Sharon！」那聲音就像是我面前的白先生叫的一般，但，這次卻是從我身後傳來……我不敢置信地回頭看，白先生就站在我身後。

我驚訝地再回頭看向台上，再回頭看我身後，兩個都是白先生……我被這情況嚇得說不出話了……

而身後的白先生走到我的身邊，輕聲說著。

「不好意思，我到國外出差一個月，又不放心妳。便要我雙胞胎弟弟假裝我，陪妳吃飯……」白先生簡單的幾個字，已經讓我恍然大悟。只是這幾句話，讓我哭得更兇了……

白先生抱著我，輕輕摸著我的頭……

台上一個看起來像是白媽媽的貴婦人，忽然開口說道：

「我們家小白真像大白呢……」

Chapter 19

演技

來了。

在阿榮片廠接到電話之後，這是我的第一個反應。最不想接到的電話，終於還是來了。

我急忙請假卸妝，便衝上我的小紅車，一路開往那家天母最大的醫院。

不過誰都沒想到，會是在這樣風和日麗的日子，下午三點鐘左右，平元的生命走到了最後一刻。

「阿秀，快點，撐不了兩小時吧。」我開著車，回想剛才平元的妹妹打來的電話，也回想起我和平元這兩年來的感情。

我叫做阿秀，一個臨時演員。為了要走這條路，我和平元吵架過不下數十次。當然是因為演戲這個工作，不但時間不能固定，更讓我常常到三更半夜才能收工回家。

平元是一般的公務員，自然無法接受我這樣的生活型態。

他最常說的話是：「我不是要限制妳的生活，可是這種作息對妳身體不好，妳難道希望下半輩子是我照顧妳嗎？」

諷刺的是，平元半年前被診斷出癌症，住院治療了。

這場病讓我們兩個之間的吵架次數減少，因為我的工作型態，反而比較有充裕的時間照顧他。

只不過，在住院期間，平元的脾氣時好時壞。

「不要那些朋友來看我，我不要他們一副那種我就快要死的臉，不要一直把我當作病人，我需要平等的對待……」平元總是在朋友來探病之後咆哮著。

「你不要這樣啦……試想如果你是他們，你去看人家的時候，你也會講一樣的話，不是嗎？」我說。

「我如果是他們，我一定會裝作若無其事地去看他們，就像他們只是在家休息一般，任何話題、任何感情，都應該像沒發生任何事情一樣。」

我點頭表示贊同。

話雖如此，好幾個夜裡，當平元發抖著抱著我的身體，哭著告訴我他有多麼害怕，哭著要我照顧他的家人，哭著說他有多麼捨不得離開我的時候，我當然還是要像對待病人一樣對待他，像寵小孩子一樣寵著他。

我記得，某天晚上他曾說：「阿秀，妳演的戲我都不想看，但我想知道，妳的演技到底有多好？」平元笑著說。

「要我現在演？」我揚著眉。

「不是……等到哪一天，妳接到來見我最後一面的消息時，可以不要讓我察覺到任何事情，讓我不知道要面對死亡，讓我平靜地離開的話，這樣我到了那邊，就會知道妳的演技有多好……」

當初我當然沒有回覆這番話。

然而我現在已經開進醫院的停車場，停好車，準備上去見他最後一面。我的眼淚不止，手不停發抖著，心想著究竟該用什麼樣的表情去面對他。

但另一方面，我又怕時間不夠，只能三步併作兩步，著急趕去病房。到了門口，我深呼吸讓自己看起來像是平靜地走來。顯然，我的心中已經下了決定。

一進到房間，平元的母親和妹妹見到我，便很自動地走出去，而平元剛才似乎是在閉著眼睛休息。我緊盯著一旁的心電圖。

「……阿秀，妳怎麼來了？」平元知道我今天要進片廠拍戲。

「別提了，那個男主角竟然三個多小時後都沒出現，然後打電話來說，今天沒辦法過來……氣死人了。」我做勢將包包丟在一旁的沙發上，一如我往常的隨性。

「好爛喔……不過這樣也好，妳就可以提早休息。」不知道怎麼搞的，平元這時候的聲音和表情，看起來比前幾天還要健康紅潤。

我自顧自地拿起床下的禮盒，那是前幾天大伯送來的梨子。

「刀呢？我削梨子給你吃。」平元指了指桌上。我看到刀子，順手拿了起來。

「明年過年，我媽說要上來，到時候去你們家一起吃年夜飯唷。」我說。

平元點了點頭，一直看著我。

「然後我們上禮拜說過年要去日本的事情，我已經訂好機票了。現在不景氣，沒想到機票價錢一點都沒有掉。」我的眼睛故意不看向平元。

我不停說著，就像已經背好台詞一般，但又深怕心裡的情緒，從身體的哪個地方透露出來。

平元依然只是看著我。等到我注意到他眼神的時候，平元笑了。

「哈哈……哈……」

「怎麼了，什麼事這麼好笑？」我的臉上陪著笑，心裡卻難受得不得了。

「梨子，可以吃了嗎？」平元忽然說出這句話，把我給嚇到了。我低頭看著自己握著水果刀的手，才發覺，那刀抖得厲害。梨子的皮，一釐米都沒有削下來。

平元一直注視著。我看著平元，努力不讓眼淚從眼眶中流下來。一時間，我竟然什麼話也說不出……

「好呀，過年來我家，吃年夜飯……」平元這時的眼睛，緩緩的閉了起來，說話的聲音，也似乎漸漸的小了起來。

「然後春節假期……假期……去……日本……日本……」平元的聲音漸漸小到我聽不到了。不知道什麼時候，我手上的刀已經完全脫離我的手指，平躺在病房地板上……

我想，平元一定覺得我演技不夠好……

Chapter 20

單身趴

當我走進包廂時，便在心裡告訴自己，真是來對了！

我是剛過二十七歲生日的Alice，在我這年紀，要找到好男人是最尷尬的時期。一來我覺得年紀相仿的太幼稚，而且剛出社會，經濟剛起步，很多方面都不夠成熟；二來年紀大一點的，不是已經有論及婚嫁的女朋友，就是有了老婆，雖然都是好男人，但都只能遠觀。

因此我有時候總是懷念起大學時期的環境，也懷念大學時期的男朋友，如果當初可以一直交往下來的話，出社會後的我也不用這麼辛苦尋找了。

只不過埋怨這些事情都是浪費時間，除了積極拓展自己的社交圈之外，不停參加各種聚會才是追尋幸福的王道。

於是我參加了與我絕緣的登山社團，不放過每一次公司部門所舉辦的聚會，連我弟弟的大學同學會我都會露臉。

我相信，總有一天我會遇到真命天子。

某一天，同部門的 Bee 邀我晚上一同參加一個聚會，叫做「單身趴」。這名字聽起來就吸引我，更何況我的資格完全符合。我二話不說，隨著 Bee 到了台灣最知名的 KTV 包廂。

當我走進包廂時，便在心裡告訴自己，真是來對了！

我一眼望去，包廂裡面的五、六位男士不但看起來風度翩翩，長相也都乾淨斯文，完全沒有那種剛出社會的青澀。

在 Bee 的招呼下，我坐到了 Andy 身邊。Bee 則是坐在另外一位斯文小生 Nelson 的身旁。

幾杯紅酒下肚後，我們一群男男女女玩成了一團，又是台客舞蹈，又是電音舞曲，在酒精的催化下，大家都玩翻了。

很奇妙地，在這樣混亂的情況下，我卻還是可以感覺到 Andy 的體貼，不但會挺身幫我擋酒，也不會在喝了酒之後沒有與我的肢體保持距離。

我感受到這個男人的好。

當晚，Andy 搭計程車送我回家，我們互留了彼此的電話。回到家後，我的酒完全清醒了，我知道，在多次尋覓之後，我的春天終於即將來訪。

在那之後，我與 Andy 密集地通電話、見面、看電影、吃飯、接吻，大約一個禮拜過後，我就發現我對他的感情，已經強烈到見面之後不想分開的地步了。

很自然地，我到了他家。那是一間小小的套房，看得出來只有他自己一個人住。在他靦腆地收拾完滿地的衣服之後，我和他就在那張單人床上火熱地擁吻了起來。當晚，我們發生了關係。

我睡在他套房的床上，看著這個三十出頭又是知名企業高階主管的男人，心裡想著，他一定是過去感情出過創傷，否則這麼好的男人，怎麼可能還單身等著我來呢？只不過，Andy對於過去的事情總是緘默，而我更是個不喜歡挖人隱私的射手座，於是我們之間，沒有別的元素，有的只是滿滿的愛。

晚上與Andy相處的時光非常快樂，不過白天上班的時候，我也聽到了好消息。原來在當天晚上，Bee就已經和Nelson到汽車旅館開了房間。我只能說，他們的動作比我們還快。

就在我沉浸在我與同事雙雙墜入情網的好事情時，晴天霹靂般的消息卻無預警地在我身邊透露了出來。

那天，我打算到IKEA幫Andy的套房添購一組情人對杯時，看到了熟悉的身影迎面走了過來。

那是Nelson和一個小腹微突的女人。

女人挽著Nelson的手，兩人有說有笑地討論衛浴設備的各類商品，而我確定，Nelson在這時候從眼角瞥到了我。

只不過他視而不見。

我驚訝到不知該做何反應，不是單身趴嗎？但是那女人不管從什麼角度看，都是 Nelson 的老婆，還懷了孕！我該不該告訴 Bee 呢？

我失魂落魄地走到 Andy 的小套房門前，打算與他商量我所看到的事情。

只不過，按了半天的門鈴，卻沒有人來應門。我正打算撥手機問 Andy 在哪裡的時候，一個手拿鑰匙的老人靠到門邊。

「妳找哪位呀？」老人問。

「我……是 Andy 的朋友。」我說

「喔喔，妳是林先生的朋友？他沒和妳說他退租了嗎？」老人說。

「退租？那他要住哪裡呀？」我問。

「他和他老婆住在天母別墅啦，這房間他說只是他一個人想事情用的，真的是有錢人。」老人說完後自顧自地進了房間。我則是呆滯地站在門口，無法置信。

不是單身趴嗎？

我急忙拿起手機，撥給了 Bee。希望她不要像我一樣，到了最後才知道。手機一接通，我就一股腦地告訴她我看到的一切，並準備好了安撫她的話語。

「……Alice，妳不知道嗎？這就是所謂的單身趴呀。不和妳說了，我老公還在公司外面等我。」

被Bee掛斷電話後，我只覺得我的整個腦子不停嗡嗡作響……

Chapter 21

分手信

面對著筆電螢幕，我的內心非常掙扎，但我知道，道德感將會逼使我做出最後的決定。

最近幾個禮拜，我和新同事小光已經出去看過三次電影，吃過八次飯。我當然知道他對我的心意，但他也知道我早已經有一個交往三年的男朋友阿元。我雖然連手也沒讓小光碰過，但是心裡面，還是覺得對不起阿元。

禮拜六下午，我決定中止這樣的關係。

於是我打開電腦，寫了兩封郵件。一封是打算給小光的，內容如下。

對不起，我真的不能接受三個人的這種感情關係，我們到此為止吧。

Carol

另外一封，則是為了彌補自己心中的罪惡感，想到最近阿元因為上班比較忙，和我相處的時間也變少了，因此我也寫了這樣的信。

我希望我們之間永遠充滿熱情，明天中午十二點在華納門口見面，一起吃飯好嗎？

Carol

盯著螢幕好一會兒，我竟然捨不得將信寄出去，我知道我對小光已經產生了好感，只是再這樣繼續下去，到最後我只會變成那個做錯事的人。

深吸一口氣之後，我下定決心，填上了兩人的電子郵件信箱後，我傳送了出去。我無力地趴在電腦桌上，為著最近這混亂的感情感到無奈。

也不知道趴了多久，忽然有個念頭竄進了腦中。我像是觸電一樣整個人彈了起來，然後慌忙地再度喚醒了螢幕，點進「寄件備份」的資料夾中。

這一看，乖乖不得了。我竟然把兩封信的收件人搞錯了……

也就是說，如果阿元收到我的信，追問起來的話，我豈不是把自己心裡出軌的事情抖了出來……

越想越怕，我顧不得星期六阿元因為上班不在家，趕緊出門，叫了車就往他家趕去。

如果我的印象沒有錯的話，我記得，阿元家門口的地毯下，應該是藏有備份鑰匙的。又或者，如果運氣好的話，剛好碰到他家人在，我就可以進去他家，用他的電腦收下我的信，火速刪除證據。

車程原本應該要是三十分鐘，但我多給了計程車司機一百元，於是我在二十分鐘內就抵達了。

我喘著氣，站在阿元家門口，只希望事情會如我所願。

只不過當我彎下腰將那塊地毯翻了又翻、撢了又撢後，除了漫天的灰塵嗆得我不停咳嗽之外，什麼鬼東西都沒看到。

我繞到後門，鎖死。繞到一旁的窗戶，鎖死。我急得像熱鍋上的螞蟻，只希望有什麼方法可以偷偷潛進去。

二十分鐘過去，我確定我沒有當小偷的天份，只好進行下一個可能性。

我按下電鈴，不停按著。在這周圍一片寂靜的住宅區中，屋內的電鈴聲竟然大到我在門外都覺得刺耳。但為了彌補我笨手指所犯下的過錯，我硬著頭皮，按住按鈕，讓鈴聲放肆響了五分鐘左右。

沒人。

這下真的糟了，事已至此，我不由得開始想藉口，我該怎麼解釋那封信，該用什麼樣的語氣或心態面對阿元。

正當我放開電鈴的按鈕，失望地準備掉頭離開阿元家的時候，阿元家的門打開了，從裡面走出了一個人。

阿元！

「你在家？」我驚訝地叫了出來，只見阿元面無表情地望著我。

「這一年來你不是星期六都要在公司加班嗎？」我故作不經意地隨口講幾句話，藉以掩飾我內心的緊張。

這時阿元開口了。

「我剛才看到信了……」

這話像是奔雷般打在我的腦際。我的嘴唇微微開著，想要解釋什麼，一時之間卻半個字都吐不出來。

這時從阿元打開的門縫中，我看到了個半裸女生的人影。

「妳都已經知道情況了，還需要故意問我加班的事情嗎？」阿元循著我的眼光，也看到了自己家中的女生。

我呆在阿元的面前，臉上的神經不自覺地抽動著。

「就如妳所願吧。我們，分手吧……」阿元的聲音壓得很低，講完話之後，轉過身，擁著屋內的女生，關上門……

我依舊站在門外，臉上還在抽動……

也不知道過了多久，手機傳出了聲響。簡訊一則。

「Carol，很高興收到妳的信，明天見。

小光」

Chapter 22

乾妹妹

認識 Bill 的時候，我覺得他是這世上最好的男人了。

我和 Bill 話很投機，Bill 決定認我當乾妹，因為當時他身邊已經有了個非常可愛的女朋友。

Bill 曾經說：「我認乾妹和一般人不同，Ivy，一般人認乾妹是希望進可攻退可守，但我是真的想要和妳一輩子保持這樣的關係。」

我深信不疑。

Bill 總是會在節日或是特別的慶祝日來臨之前，先演練一次給我聽，讓我知道他會如何對待他女朋友，會怎麼樣給他女朋友驚喜。

我每每聽得神往不已。

一來是羨慕 Bill 的女朋友可以享有這麼好的待遇，二來是對自己的乾哥如此浪漫而感到自豪。

當然，我無形之中也會對 Bill 產生許多好感。畢竟他提出的驚喜總是讓人意想不到，讓人不自覺地開始想像，如果是發生在自己身上的話，那該有多好。

不過好景不常，Bill 開始在感情上碰到問題。

最開始應該是那天颱風夜，Bill 喝了酒跑到我家樓下找我。

「Ivy，我好難過喔，我覺得她外面可能有男人，否則……妳知道嗎？情人節我等她等了三個小時，她都沒有出現，然後我又常常看到她在接奇怪的電話，我真的不知道該怎麼辦……」

我看著 Bill 醉成這樣，只能不斷安慰。

「而且她自己行為不檢就算了，還常常懷疑我和別人曖昧……」Bill 說著說著，幾乎都快要哭出來了。

那天晚上的一個禮拜後，我忽然接到「她」打來的電話。

「妳是 Ivy 嗎？」

「是呀，請問妳是？」我還搞不清楚狀況。

「我是 Bill 的女朋友，請妳不要再來破壞我們了。」電話掛斷了。

我聽完之後真的是無名火都上來，只不過礙於她是 Bill 的女朋友，我不好意思表態，只希望 Bill 早日擺脫她，才能夠脫離苦海。

某一天，Bill 終於受不了了。

「Ivy，妳可以陪我去和她談判嗎？我怕她如果要和我分手了，我一個人沒辦法承受……」看著 Bill 的表情，我這個做乾妹的，說什麼也要陪他去。

於是，在某間咖啡廳內，我在離他們兩人很遠的地方，自己坐著喝茶。

沒多久，「她」果然起身離開了咖啡店。Bill 一人神色黯然地在位子上，似乎在啜泣。

我過去那個座位後，Bill 抱著我，哭著。

當天晚上，我和 Bill 發生了關係。Bill 認真地對我說：「我們交往吧，我一定會認真對待妳。」一切都是如此自然。

前幾個月，我和 Bill 幾乎每天都黏在一起，Bill 雖然沒有做到像他之前說的那麼浪漫，但對我也算不差。

只不過，三個月後，Bill 漸漸不太常出現了。

我開始緊張，想知道我們倆之間到底是哪裡出了問題。一再調查後，我發現他的手機裡有其他女生的簡訊。

而簡訊內容是 Bill 在哭訴我是如何變了心，如何不對這段感情認真。

我並不想相信 Bill 是壞人，於是想和 Bill 當面對質。

「那只是個乾妹妹，不用認真啦。」

「給我她的電話，我要問清楚。」我相信這時的我已經有點不理智了……

Bill 真的給了我電話，而我打過去後，對方也的確說了只是乾妹妹而已……

只不過這一切，竟然如此熟悉，熟悉到讓我起了懷疑。

最後我經不起 Bill 不停消失、不斷找不到人、持續與乾妹妹出遊，我決定和他攤牌，看是要繼續下去，還是要分手。

和當時一樣，我和 Bill 約了某家咖啡廳，我們兩人面對面坐著。

Bill 看起來卻是相當不耐煩。

「有什麼事情可以趕快說嗎？我還有下一攤。」

我攪著咖啡，看著他。

「你以前和我說過，你對前女友那些浪漫的事情，都是騙我的嗎？」

「不算騙妳啦，但也只不過就是說說呀。」

「你當初認我當乾妹，早就想到會變成現在這樣了吧。」

「唉唷，我有很多乾妹啦，反正大家也都交往過了，不用太認真。」

「所以，上一次分手，你根本就不是被分的那方，是你甩掉前女友的，對吧？然後再假裝可憐兮兮地要我同情你……」

「是妳自己願意相信我，就像等等也會有另外一位乾妹妹相信我一樣，一個願打，一個願挨。」

Bill 一臉得意地看著我，我相信，他不知道已經用這個方法傷了多少女孩子的心了。

忽然，Bill 臉色大變。他看到我放在桌上的手機，螢幕上面寫著：「通話中。」

「妳和誰通話中？」Bill 緊張地問著我。

我則是微笑地站起身，掛斷了電話，離開咖啡廳。

我知道，「乾妹妹」正坐在咖啡廳的某個角落……

Chapter 23

殺人犯

我覺得，今天不是我的日子——英文是這麼說的吧？

倒楣透了。

在這麼不景氣的年頭，我的大學畢業文憑看起來和路邊廢紙沒兩樣。我好不容易降低標準，花了七個月又十三天的時間，終於找到便利商店店員的工作，現在卻讓我對這個工作後悔不已。

因為現在明明不是大夜班，我卻被一名手持尖刀的男人架住脖子，並從背後緊緊揪住頭髮。

我動彈不得。

雖然如此，我心裡想的卻是那個最近常常爽約的男朋友——漢子。只能說，我真的很喜歡他吧。

「過來！把店門鎖上！」男人很粗魯地要我從裡面將便利商店上鎖。我估計，這是因為他剛才進來時，嚇跑了幾名客人，男人擔心他們報警。

我怯生生地彎下腰，雙手顫抖著，平時熟練的動作花了七、八分鐘才完成。這下子，隔著便利商店的玻璃門往外看，外面開始聚集了一些人，我卻依然沒有看到任何警察前來。

我不會就這樣死了吧……

「妳叫什麼名字？」男人問。

「……怡、怡文……」我發現，我的上下唇出現膠著的狀況。

男人依然從我背後抓緊了我，但眼神一直盯著外面的情況，就像隻老鷹一般。

我卻偷偷瞄著櫃檯邊的水果刀。那是我昨天拿出來切芒果，忘了收起來的。

我心裡想，只要一有機會，我也許可以……

這時我忽然覺得頭皮不再緊繃了，男人放開了我，兀自掩面哭了起來。我一時不知所措。原本心裡想說，他只要搶了錢就會走人，沒想到，看起來像是有滿腹的心事……

「……你還、還、還好吧？沒事吧？」我發現我唱歌時想要練習的抖音，在這時很自然地使了出來。

「我的女朋友……騙了我……女人……都是騙子……」男人的樣子看起來有點滑稽，但我這時候可笑不出來。

「……怎麼說呢？」我試圖拍拍他的背，卻看到玻璃窗外，有幾個警察從警車上下來，然後揮手示意我繼續安撫男人的情緒。

「她騙我……她騙我……她說她只愛我一個人，沒想到……她劈腿，和另外一個男人在一起……」男人抬頭看著我，滿臉淚痕。

不知怎地，我看得心頭也一陣酸意。正想安撫他時，男人一把抓住了我，再度將刀架在我脖子上，面對玻璃窗外的警察。

「你們不要過來，不然我就殺了她！」男人大喊。原來，他已注意到門外的警察正在逼近。

「裡面的歹徒，放下武器，你已經被包圍了。」警察台詞透過擴音器傳來，有如警匪電影一般毫無創意。

男人將我抓到了櫃檯後面，躲了進去。

「我、我說呀，如果是她劈腿，你應該去找你女朋友，而不是找我吧？」我說話時抖得厲害。

男人這時將我抓到他的面前，銅鈴大的雙眼直直瞪著我。

「怡文對吧……如果是妳，妳會怎麼做？」

我心想著，我的男朋友對我那麼好，我才不會去做這種傻瓜般假設咧！

「告訴我，妳會怎麼樣做？」男人看我不吭聲，生氣地吼著。

我嚇得褲子都快濕了，閉著眼睛隨口答覆。

「我會殺死她，殺死那個劈腿的人……」我含糊說道。

男人看著我，眼神中充滿讚許。他點了點頭，拿起手機，按了兩則簡訊，也不知道是給誰……

沒多久，外面的警察又透過擴音器說話了。

「裡面的歹徒聽著，你的女朋友已經如你願到現場了，她現在要進去了。」

「去把門打開。」男人示意我將便利商店的門打開，我照辦。一會兒，一名嬌小的女孩走了進來，卻是面無懼色。

「大頭，你到底在幹嘛？快把人家放了，聽到沒有？」看來，這名歹徒叫做大頭。

大頭一看到他女朋友來了，態度一百八十度大轉變，鬆開了抓緊我的手，像是要去抱住那女孩。

「Barbie，妳來就好了，妳來就好了……」大頭說。

我心裡想，你剛才不是一直說要殺死這個劈腿的負心女嗎？怎麼人一來，態度就變了！

「我們已經不能在一起了，你聽到沒？快放開人家。」Barbie 似乎很有把握大頭不會對她構成任何危險，講起話來十分大膽。

大頭的表情這時一下青一下白，明明是妒火中燒，面對他女朋友卻又下不了手，進退兩難之間，一伸手又把刀架在了我的脖子上。我欲哭無淚。

「退後，退後……媽的……叫那個男的來，既然我殺不了妳……叫那個男的來！」大頭嘶吼著。我的恐懼感在這時逐漸消滅，因為我發現大頭似乎只會虛張聲勢，也難怪 Barbie 會劈腿了。

Barbie 這時看大頭再度失去理智，無計可施，拿起手機打電話，看起來像是打給了警察。Barbie 講完電話後，一時之間，便利店內只剩下我們三人，氣氛詭譎。

「你們……在那旅館內做的事情……我在隔壁都聽到了……」大頭說。

Barbie 的臉色閃過一絲不悅。

「你是變態呀，竟然敢跟蹤我。對呀，我是劈腿，因為他在床上讓我更爽，這樣你高興了嗎？」Barbie 火上加油，我則是汗流浹背了。

我的眼神一直沒有離開過櫃檯上的水果刀。

「裡面的歹徒聽著，你女朋友的朋友來了，他現在要進去了。」冷不防，警察又開口了。

我頓時覺得有點搞笑，這班警察似乎只是負責叫人進便利商店而已。

大頭這時眼睛直盯著走進來的男人，抓著我的手在這時候終於漸漸鬆開了。我躺在櫃檯後面，乾咳著。

「你就是害 Barbie 劈腿的人！」大頭的聲音聽起來像快要失去理智。

「你冷靜點，是她自己說要和我上床的，不是我慫恿的……」男人的聲音則是聽起來充滿恐懼，感覺很孬。

「你閉嘴你閉嘴你閉嘴！」這一瞬間，大頭的情緒幾乎到達高潮，自己對著天花板怒吼了起來。

我則是趁著這個時候，站起身，拾起櫃檯上我睥睨許久的水果刀，三步併作兩步，雙手握著水果刀朝他肚子刺了進去。

一刀不夠，又一刀，再一刀。

大頭傻了……看著我的舉動，頓時說不出話來。

「妳……做什麼……？」大頭問。

我的雙手抖著，抽出了那把刺進男子肚中的水果刀，不停抖著……

「我會殺死他，殺死那個劈腿的人……大頭，我剛才回答過你了……」我的雙手和臉上染滿了漢子的血，轉頭面對大頭微笑著。

Chapter 24

LINE

我從來沒想過，辦公室裡空間那麼大，和「愛情」這兩個字會扯上什麼關係。

我叫做 Fion。某種程度來說，也算是宅女。我喜歡上網，愛看少女漫畫，放假的時候寧願待在家裡網購，也不願意出去逛街人擠人。

活了二十八年，只交往過一個男生，大多數時候都因為自己太害羞，不敢告白，錯失了許多良緣。

進了這家大型會社之後，我依舊如此。暗戀人事部門的 Sam 一年三個月又五天，我卻依舊只是暗戀。

業務部門的 Sammi 是我的死黨，總是嘲笑我的生活。但我依舊只能在 Line

上面抒發自己的情感。這一天下午，我們照慣例在上班時間偷摸魚。

Sammi：我週末要和我男人出去，不陪妳吃飯了

Fion：拜託，不是講好了嗎

Sammi：男人比較重要啦，啊妳上次說妳暗戀的對象，到底是誰啊

Fion：不重要啦，妳去吃妳的飯

Sammi：妳答應我今天要說的，妳這樣，我那雙靴子不讓給妳了唷

Fion：……

Sammi 這話讓我很猶豫，畢竟對於這種身外之物，我很少會像對這雙靴子一樣著迷。正當我決定要告訴她的時候，我的主管走了過來。

我本能地迅速將 Sammi 的視窗關閉，趕緊叫出其他文件在電腦螢幕上，然後和主管的視線相對了兩秒，擠出個「我在認真工作，有事嗎？」的笑容。主管微笑

點著頭，遠離了我座位。

我迅速叫出 Line，快速叫出 Sammi 的視窗，告訴她我的決定。

Fion：我喜歡 Sam 一年多了啦，妳的靴子要讓給我啦

只不過，在按出「傳送」的按鈕之後，我整個人僵在了電腦螢幕前，嘴唇微微顫抖著，說不出半句話來。

天呀，我點錯人了。

我點成了 Sam 的視窗……（這時候還沒有收回訊息的功能。）

Sammi，Sam，Sammi，Sam……

我的腦子不停交錯出現這兩個英文名字。這時候 Sammi 的視窗才跳出來。

Sammi：到底是誰啦？說不說？

Fion：Sammi，我剛才點錯人了啦，我傳給Sam了啦……

Sammi：Sam？

才看他到我們辦公室來和我主管說話，剛走而已……

我的眼睛瞪得老大，當下，我做了這輩子反應最快的判斷。

業務部門——也就是Sammi所在部門——在三樓，我的部門則是在一樓，但是Sam所在的人事部門則是在二樓，因此如果我現在衝上去他的辦公室，時間上不見得會比他走下來慢。

我只要在Sam回到他的座位之前，趕緊將我剛才傳的視窗關閉，再確定他的Line沒有開啟「歷史紀錄」的功能，就可以弭平我的天兵行為了。

心念一轉，我立刻火速啟程。只不過，我們公司實在太大，光是從我的辦公室走到樓梯處，都要花個七、八分鐘。

我心裡知道這事情的嚴重性，心頭一急，拔腿跑了起來。沿途就看著公司同事個個面露怪異表情看著我，因為我從來沒有因為公事這麼急過。

很巧地，當我跑上三樓，經過二樓電梯時，Sam 正從電梯裡走出來，看到我從眼前跑過，Sam 似乎是不自覺地小跑步追了上來。

「去哪裡呀？」Sam 跟在我身旁說。即使是這個時候，他還是很有魅力。

「呃……我好像有份傳真……被小妹拿到你辦公桌上了……」我邊喘著邊瞎說。

Sam 一聽，臉色有點詭異。

「看妳很急的樣子，我去幫妳拿好了……」說這話的時候，Sam 腳上已經加速，將我拋在身後約莫兩個人身的距離。

怎麼可以讓他看到我留的訊息！我心裡一揪，似乎腎上腺素都湧出來了。我發誓我這輩子沒有跑這麼快，我立刻追上了 Sam。

於是從二樓電梯到二樓人事部辦公室的走廊上，所有的同事就看著我們兩人一前一後，迅速追逐拉鋸著。

我可以體會 Sam 的好心腸，我相信那也是我喜歡上他的一部分，但我怎麼能讓他知道，或是說在這種情況下讓他知道，我喜歡他的這件事情呢？

於是我的速度變得更快，而就在要抵達終點——Sam 的辦公桌——時，我看到了另外一位人事部同事 Linda。

「Linda，Sam 有事和妳說。」我使詐地喊著。Linda 很配合地站在了 Sam 面前，幫我順利攔下了 Sam。

「找我？」

就在 Linda 說出這句話的同時，我安全上壘到達 Sam 的辦公桌，握住滑鼠，叫醒了沉睡中的電腦螢幕。

Linda：所以，你要繼續隱瞞你的心情？搞不好 Fion 也喜歡你……

Sam：別逗我了……不過，我真的很喜歡 Fion……

只不過，我還沒看到我留給Sam的視窗，卻先看到了Sam和Linda對話的視窗。我在電腦前呆住了……

Sam迅速將我手上的滑鼠搶走，慌忙關掉了所有視窗，包括我留給他的訊息……

我們兩個人站在他桌前，一句話都說不出口……

這時Linda走了過來。

「那個Fion就是妳唷……」Linda說。

而Sam傻笑著不敢看我。

Chapter 25

會議中

我不得不承認，男人的優點到頭來可能會變成缺點。

第一次見到 Victor 是在我進公司後的兩個月。適逢尾牙，我真正見識到一個企業家的風範，因為 Victor 在這種慶祝晚會上，竟然還是板著一張臉，嚴肅地主持著。

我是大學畢業三年的 Emily，在這個不景氣的時代，我好不容易進入這家公司，因此對於公司裡的任何規則，任何生存下去必須知道的消息，我都盡可能在一個月內打聽清楚。

當然最重要的，就是老闆 Victor 的行事作風。今年三十五歲的他，雖然說是繼承父業，但是這幾年來每天努力不懈的衝勁，早就讓這家公司成為了上市公司，而且據說他一天之中，大概只有睡覺的四個小時沒有在辦公，其他任何時間他都以公司為重。

公司裡有很多陋習，雖然說是從老董事長時代沿襲下來，但 Victor 卻依舊奉為金科玉律，其中包括嚴格禁止辦公室戀情。一旦被抓到，其中一人一定得走路，至於是誰走路，小倆口可以自己去喬。

說真的，在這樣的公司，我壓根兒沒想過會在裡面碰到什麼真命天子，因此也只好呼喚姐妹們，趕緊在外盡量舉辦聯誼活動。

不過事情就是這麼奇妙。

先是 Victor 的得力助手——也就是我的主管 Peggy——某一天生病，要我代她進去會議室與 Victor 以及高階主管們開會，我才終於在會議中，見識到 Victor 的真面目。

在會議中，Victor 幽默熱情，舉手投足間都充滿了領袖魅力，我甚至一度在他講話的時候，陶醉於他的言語將近十秒左右。

更巧的是，一向是老闆貼身秘書的 Peggy，因為家裡私事必須請假兩週，Victor 卻需要在這段期間到加拿大開會，於是英文系畢業的我竟然順理成章替代了 Peggy，陪同老闆到了異國。

我發誓，我沒有存有任何念頭，但事情就這麼發生了……

會議結束後的當晚，兩人輕鬆地聊天喝酒之後，我和 Victor 在我的房間內，發生了關係。

「這不對……我們一定得要盡快把這關係解決。」他說。

不過，我是被動的，因為他是老闆，他決定如何處理，我都沒有意見。很奇妙的是，回台灣之後，我們每週固定上三次旅館，沒有一起吃飯，沒有一起逛街，因為他的時間實在太少了。

我曾經問過他：「我們的關係，不重要了嗎？」

「除了開會，我真的沒有精神處理任何工作以外的事務……」

我苦笑。

就這麼戰戰兢兢過了一年，我很怕被別人發現，畢竟這工作對目前的我而言，實在是相當重要。

某一天，事情發生了。正在製作圖表的我，忽然被主管 Peggy 叫進會議室。而會議室裡面，大約有十個高階主管左右。

「Peggy，妳請這位員工進來做什麼？」Victor 刻意用「員工」稱呼我。Peggy 這時心懷不軌地看著我。

「總經理，您應該比我更清楚吧。」Peggy 說。

我早就懷疑 Peggy 對 Victor 有超乎部屬與上司的念頭，卻也沒想到她這麼陰險。這時 Victor 的臉上出現了在會議中罕見的尷尬，我實在不想看見我心中的英雄陷入這種窘境。

「是的，我犯了錯，我不應該談辦公室戀情的，我現在就出去打辭職信。總經理，各位主管，對不起。」我彎著腰，向會議室內的每個人鞠躬，然後眼眶含著淚水，準備走出會議室。

我不想看 Victor，因為我認為他必須做他應該做的，但我心中充滿了委屈。

就在我轉身握住會議室門把時，Victor 開口了。

「等等……」大家都被 Victor 的話嚇了一跳，畢竟這種事件，就是直接開除員工罷了。

Victor 的眼光掃向了每個在場的主管，最後落在了 Peggy 臉上。

「我接受 Emily 的離職。」

什麼呀……我心裡想，如果是這種確認的話，就不用多說了吧……

「禁止辦公室戀情，是我們公司不成文的規定，我不覺得不好，也不覺得好……如果想要 Emily 留下的話，我們至少要先將公司規定改變。不過，我又覺得沒這必要。」Victor 站了起來，像是在做簡報般表演著。

「每間公司另外都有個不成文的職位，我倒覺得很適合 Emily，不知道妳願不願意……」Victor 終於看向了我。

「……什麼？」我努力讓眼淚在眼眶裡打轉不掉下來。

「有人說是……總經理夫人，有人說是……老闆娘。」Victor 淡淡地說。

我驚訝得不知該做何表情，我的眼淚自然也撐不住淚腺的鼓動，不停往下滑。

這時我不禁想要看看 Peggy 的表情。

沒想到，Peggy 笑著看向我。

「這是我幫總經理出的主意，妳覺得呢？」Peggy 對我張開雙臂，而我再也忍不住地抱向 Peggy，全場的主管立刻鼓掌。想必剛才的會議，他們都在討論這件事情。

「願意嫁給我嗎？只有在會議中，我才有辦法說出來。」在投影機的光線下，Victor 看起來魅力十足……

Chapter 26

人間蒸發

男朋友發仔總說我是個標準的科幻小說迷，這我不否認，只不過當我認定現實生活中真的發生科幻事件時，最好相信我。

就像現在，我知道我遇到了生平第一件詭異的事情。我不想先主觀認定這和外星人有關係，但這可能性不免讓我將它排在第一，因為實在太怪異了。

事情發生在我好朋友露露身上。

露露是我的大學同學，和我一起考進外語系的她，剛進大學就讓我留下深刻印象。

因為當時她的頭髮短到可以看見頭皮，一身中性打扮，走在校園裡沒有人不會多看她一眼。重點是，她全身散發出比任何女人都更性感的荷爾蒙。

某一次下課後在西門町的電影院外，單身的我碰到了一匹狼的她，我們不約而同選擇了同一部冷門的影展藝術片，戲院裡大約只有小貓五隻，其中兩個就是我和她。

從那一天起，我就知道了什麼叫做最好的朋友，什麼叫做心有靈犀。大學四年，我和她幾乎形影不離，但我們都知道，這不是同性之間的愛情，而是真正互通的兩抹靈魂。

中間她有交過男朋友，也分手過。她的戀情既迅速且戲劇，幾乎只要不合她的意，她在任何情況下都會提出分手。

露露的品味高絕，對自己的生活要求嚴謹。出社會之後，她也依舊故我，工作能力比一般男人還要強，愛情對她來說只能算是偶爾的娛樂，她並不見得真正需要。

只不過，在我出國的那一年，我輾轉聽到露露結婚了。

我雖然驚訝，但當然還是替她高興，我相信她一定是找到了不得了的男人，一如我們在校園時候聊到的，既優秀又傑出的男人。

但我相信，奇幻事件就是在她結婚的這兩年裡悄悄發生。

我回國之後，發現露露的電話號碼變了，因為我急著打電話向她道賀，但卻已經找不到人。這種事情，在我們兩人之間是不可能發生的。

而這兩年中，我也沒有接過任何一通露露的電話。我雖然急，但是從同學口中也問不到任何聯絡方式，畢竟孤傲的她一旦沒有和我聯絡，就等於和全世界隔離。

直到前天，我接到一通打錯的電話。我聽出來是露露的聲音，稍感欣慰的是，她還有留存我的電話號碼，這樣才有可能會不小心打錯。

「露露？妳是露露吧？」我並不理會露露打來叫瓦斯的要求，因為她的聲音我一輩子也不會忘。

露露遲疑了兩下，我不相信她會忘記我的聲音。

「是我，安娜。」但我急著報出自己的名號，因為我太想念她了。

「安娜……啊，好久不見了呢……」我必須說，露露這一句和我打招呼的話就露出了馬腳。這不是我們之間溝通的語言。

我立刻懷疑對方不是露露，或者可能是某種假扮露露的生物。

「露露，妳好嗎？妳結婚後我都沒去看過妳耶，妳現在住哪裡呀？」我問。

「安娜，我過得很好呀，住哪裡不重要啦。」這是第二個疑點，露露不可能不希望和我見面，我心裡的疑惑越來越重。

經過了我不斷的迂迴及暗示之後，露露終於告訴了我她家的地址，也和我約了今天見面。

我將這一切告訴了男朋友發仔，要他做好心理準備，也許我去見了露露之後，真正的我也會因此消失，取而代之的就是外星生物了。

午後的陽光很和煦，但我按電鈴的時候，手是發抖的。

「安娜，妳來了呀？趕快進來。」露露的聲音沒變，只是語調完全不同了。外星生物可能不懂，人類有自己慣用的語調。

我推開了她家的門，走進玄關，看到了露露，我已經完全證實我心中的疑惑。

這個人不是露露。

及肩的長髮，中年婦女般的身材，毫無品味的室內裝潢，環境衛生不及格，滿地狗毛……

這些事情根本不可能發生在露露身上，我的臉色瞬間就沉了下來。

「假露露」和顏悅色地揮手要我坐下，我也假裝微笑，一邊提高警覺觀察四周動靜，一邊緩緩坐下。

「最近好嗎？」露露先開了口。

「差不多。」這樣的問候是有效的，讓我放下了一丁點的武裝。我心裡畢竟還存有一絲希望——她還是露露，叫做「露露」的地球人依舊存在。

「我晚點要去參加B牌的時裝發表會，妳要不要和我去走走？」這類事情對當年的我們而言，可是要 Highlight 起來的大事。

「不了，等等我老公回來，我要做飯。」露露輕描淡寫地說，我卻有如五雷轟頂般難受。

似乎最後一絲絲的機會都沒有了。眼前的露露肯定不是她本人，真正的露露到底在哪裡？是被「它」藏在身體裡某處，還是這個破房子的某個角落？

我下意識看了看房內，這和她當初描述的理想居家風格根本沾不上邊。一想到我的朋友真的就這樣從地球上消失，我的眼眶有點紅了……

忽然，房子內側傳出嬰兒的哭聲，露露急著走進房內，我也起身跟在後頭。我看到露露急忙將一個小嬰兒抱起，平放在床上，然後迅速脫掉嬰兒的褲子，熟練地拿起墊在嬰兒下體的那塊充滿黃色黏稠物的尿布。

我看到露露的手指不小心沾上了部份黏稠物，但她卻不以為意，完成所有動作之後，才拿了張衛生紙將自己的手擦乾淨。

我肯定，露露已經從人間蒸發了……

我隨便找了個理由，急欲離開，我深怕再待下去，我的安全會有危險，而這名佯裝成露露的「生物」送我到了門口。

就在鐵門要關起的那剎那，我忍不住脫口而出。

「妳是……誰……」只不過最後一個字說出時，鐵門已經關起。

站在露露家的鐵門外，我的眼淚忍不住放肆湧出。曾經，我認為世界上唯一和我心靈相通的人，竟然就這樣無聲無息地消逝了，我嘗到一種前所未有的孤獨，對於自己的存在感到一種恐懼。

走了幾步路之後，我的手機收到了簡訊。

是發仔傳的。

「上禮拜問妳的事情，妳決定了嗎？願意嫁給我了嗎？」我看著手機上的簡訊，手指忍不住不停顫抖。

「人間蒸發……輪到我了嗎？」午後的陽光雖然和煦，但我的身體卻不停打著哆嗦……

Chapter 27

網路性愛

多年前看過一部經典電影，我總是會記住裡面的台詞。「生命自己會找到出路」，我藉此勉勵自己，一切事情都會有更好的結果。

事實也真是如此。

結婚快十年了，我和鮑爾真的對彼此了解甚深。不用再去提什麼嗜好、興趣、愛吃的東西、害怕的事情等一般性事項。我們兩個生活在一起，任何可以討論的事情都沒有放過，以致於在生活中只要彼此的眉毛一挑，幾乎就可以知道對方的念頭。

這種標準模範夫妻的相處，是好？還是不好？

大致上來說，是好的。畢竟有個這麼體貼對方的對象，任誰來講，婚姻生活都是和諧而美滿的。

包括我們的性生活。

我們兩人都那麼為彼此著想，一個小動作、房間溫度、香水濃度、背景音樂，我們都會輪流替彼此設計好，務必給對方最美好的性愛。

結婚前五年，我們真的做到最好，每一次性愛都比上一次完美，比上一次新鮮，比上一次有趣。

為了滿足男人的欲望，所謂的角色扮演性愛，我也不曾放過。兔女郎、護士、家庭教師、學生服，凡是可以買得到的衣服，我幾乎都試過。我想，飽爾應該是男人中，唯一還和「自由女神」做過愛的人吧。

不過在這方面我可以滿足他，他卻無法真的滿足我。

女人要的並不是那種不同角色的性愛，如果真的要讓我在婚姻生活中重溫愛情，我心裡知道，那真的得要找一個男人才行。

你說，我做得到嗎？

前五年的婚姻中，我真的不敢想這種事情，但是五年過去了，我的衣櫃裡囤了各種角色的制服，但是我和鮑爾之間的激情卻再也沒有出現了。

然而，我才三十五歲。

我希望自己的生活不要這麼快就進入老年。說也奇怪，就在這時候，我在一個網站上認識了另外一個男人。

一個叫做菲爾的男人。

這個男人從美國回來，是個ABC，小了我五歲，因此我和他在網路上聊天時，總是可以聽到美式風格的幽默，總是穿插著幾句英文。

我從英文系畢業之後，我就很少使用英文了。

這段關係讓我感到非常新鮮，但我必須躲著鮑爾才行。於是，每天晚上我都趁著鮑爾在客廳看電視的時候，和菲爾相約上線，天南地北地聊著。

不過聊多了，也出了問題。

「Oh，Mandy，我現在很想親妳的脖子，然後用舌頭一路舔上妳的耳珠……」

當菲爾說出這樣的字句時，我就知道不妙了，我很想停止，但是我的文字卻不由自主地附和他的文字，激情纏綿了起來。

「不要這樣，我很敏感，這樣會容易有感覺……」我知道我腦子裡想的不是這些，但指尖卻打出了這樣字句。

「沒關係，我也快受不了，也許我們真的需要找一天出來見個面。」聊了一個月後，菲爾就提出這樣的要求。

我不能答應。

我的理智告訴自己，絕對不能讓這樣的事情發生在我的婚姻當中。但又過了一個月後，我還是管不住我的手指。

「我真的受不了了，晚上九點半到XX飯店。」我看到我的鍵盤打出了上述文字。

也許是因為，我知道今天晚上鮑爾要開會。

菲爾迅速下了線。我知道，他等到了這幾個月來他最想聽到的答案。

我刻意噴了不同的香水，穿上沒穿過的洋裝，準時赴約。

我到了飯店後，很快走進了房間。菲爾刻意讓燈光看起來很昏暗。我們兩人並沒有說話，一見面便擁抱在一起，躺在飯店房間軟綿的床鋪上。

也許是因為彼此不熟，過程非常不順暢，但畢竟這是我久違的性愛。

完事後，菲爾開了燈，我看清楚了他的五官，抱怨了起來。

「你應該說些英文的，你在網路上明明都說了些英文，一見面就做，一點感覺都沒有……」我癟著嘴說。

「是嗎？好吧，下次我還是扮演台客來得簡單……不過妳身上的香水，還是原本的比較好聞。」

鮑爾穿起衣服，笑嘻嘻地說著。

「要一起回家嗎？還是要繼續演？」

我也笑了。

Chapter 28

最後一程

我肯定這是最後一程。

因為我鐵了心要和阿堯分手，而且我要讓他知道我已經下定決心，沒有任何轉圜餘地。

我認為，這對彼此都好。

我和阿堯是在音樂教室認識的。我想要學吉他，而他竟然這麼湊巧地代替他朋友來上課。是的，我就這樣和代課老師墜入了情網。

阿堯對音樂充滿了熱情。不玩樂團的他，卻彈得一手超強的木吉他，如果說我曾經看過有人可以用木吉他做出各種不同樂器的編曲效果，應該就只有阿堯了。

上高鐵之後，阿堯依舊一副愁眉苦臉的樣子，他似乎也感受到我這陣子對他的冷淡。

交往三年期間，阿堯對我一點都不差，按時間接送我上下班。如果我加班，阿堯還會刻意從家裡帶些點心給我充飢。

我的工作很平凡，一點都不特別。或者應該說，我的人生很平凡，一點都不特別。如果硬要說我的特別之處，應該就是我偶爾可以看到別的世界的好朋友。不過，照老人家的說法，這是因為我的八字比較輕，運比較弱。似乎也是因為這樣，我的情路比較坎坷。

我和阿堯坐在高鐵上，用時速超過三百公里的速度飛馳著。沒多久，一個孕婦上了車，走到我們所處的車廂。阿堯見狀，打算起身讓位給她，但我迅速將行李丟給阿堯，用手示意他不用起立，因為我並不想與阿堯一起坐，於是將我的位子讓給孕婦。阿堯就這樣抱著行李，坐在了孕婦身邊。

孕婦連聲對我道謝。

阿堯看著我，眼神裡流露出難過。因為這樣的相處模式，大概已經有一個禮拜了。

阿堯知道我的不耐，知道我想要分手，但是他也許永遠都不了解，問題是出在自己身上。

於是前一天，我告訴阿堯我真心要和他分手。我問他，要怎麼做才可以結束這段感情。

「佩琳，難道不管我怎麼做，都無法再挽回了嗎？」

我點頭。

阿堯像是心裡有萬般個不願意，不停搖著頭，最後才勉強擠出幾個字。

「我們剛認識的時候，妳一直吵著說要去劍湖山……只要去住一晚，一晚就好……我們就分手，我就可以死心……」阿堯幾乎是含著淚說。

他在分手前還想著要實現我的願望，這讓我很感動，但是我真的無法再與他交往下去……

到了飯店，要Check in之前，我先行和阿堯溝通。

「……單床房，我不和你睡，你睡地上，可以嗎？」我強壓抑住我的情緒。

阿堯落寞的臉看起來更加憔悴了，無奈地點著頭。

在我說我想要減肥不吃晚餐之後，我和阿堯很快就待在房間，等待就寢時間來臨，等待明天早上天亮，等待我們分手……

很快地，夜深了。我躺在床上，阿堯躺在地板上。十一月的地板其實很冰冷，但我知道，我必須鐵了心不做任何妥協。

我知道阿堯沒有睡，因為我也一直都是醒著的。阿堯真的入睡的話，會有輕微的鼾聲，但此刻的他並沒有發生任何聲響。

我想，他是不希望最後的時間走得太快。

「佩琳，妳睡了嗎？」阿堯說。

我沒有搭腔。

「明天起床，我們……分手後，妳一個人回去，要小心點。」阿堯說。

「記得和妳主管說，妳的身體不太好，就不要太常加班了。大不了換個公司，以妳的資歷，不怕找不到好的工作。」阿堯接著說。

「還有那個信用卡帳單，我幫妳設定好自動扣款了，不用擔心會漏掉。對了，記得和妳房東要那個馬桶的錢，那個是房東有責任要修理的。」

我無法回應。

就這樣，我半醒半睡著。阿堯時而說說叮嚀，時而說說往事。好幾個小時過去，終於，窗簾後面透出曙光。我知道，分手的時間到了。

「……佩琳，最後我想說，交往了三年，我好感謝妳，而且好……愛妳。雖然我一直到最後都不知道我們分手的原因，但我相信問題一定是出在我身上……我們，分手吧。」阿堯站了起來，但是我依舊躺在床上，整個頭別過去不願意看向阿堯。我在心中告訴自己，分手之後，我會找機會告訴他原因的。

沒多久，房間裡面沒了阿堯的聲音，只剩下我，止不住哀傷，失聲痛哭著。我哭得無法自已，哭到聲音都啞了，整個枕頭都濕透了……

這時候，師父的電話來了。

「佩琳喔，他走了嗎？妳要堅強一點，妳不讓他斷絕對人世間的眷戀，他不會走的啦，堅強點……堅強點……」師父的台語口音讓我聽得更加難過。

我抱著手機，無力地在床上呻吟著……

Chapter 29

門當戶對

我和 Justin 是在德州念大學時認識的，我記得那一晚是迎新舞會。初來到美國，面對一群白皮膚和黑皮膚的外國人，我心中的恐懼恐怕沒有人可以體會。

尤其在台北時，我從小到大是多麼受到家人愛護。

還好有 Justin。那個晚上，他在舞會的角落發現了我——一抹瘦小的靈魂。當他用著對台北人而言不是很標準的國語說「台灣來的嗎？」我心裡毫無疑問地確定他是標準的台灣人。

在那之後，我們開始交往。

國外的求學生活是孤單的，但因為有 Justin，我適應環境的能力變強了，學習的情緒也提升了。我從沒想過愛情有什麼作用，但我現在很明確地感受到，愛情的力量有多麼巨大。

我相信，為了愛，我可以做任何改變。

幾年過去，我們兩個可以同時畢業，雖然也費了些工夫，但總算是順利達成。

我和 Justin 思索著未來。

「Laura，我不確定我該不該娶妳……」Justin 說。

「Why？需要我向你求婚嗎？」我反問他。

「不是那樣的……Laura，我一直不敢告訴妳，我家裡很窮……妳是從台北來的，我在交往過程中也發現，妳的家境應該不錯。」

「所以呢？」

「我怕妳接受不了我的環境……」

我無法接受這是他不願意和我結婚的理由，因為自從 Justin 讓我了解愛情之後，我就確信，愛情可以解決任何問題。

於是，我們達成了一項協議。

我們決定先各自回到台灣的家中，然後我再到 Justin 家住一個禮拜，Justin 可以觀察我是否適合他的家境和生活。

於是我自己從台北到了嘉義。

我到了 Justin 家裡，清楚體會了他的意思。

他家大概只有二十坪大小，應該是日據時代遺留下來的建築物。兩房一廳，相當老舊。

Justin 還有一個弟弟，兩個人擠在一間房內。我過來住之後，弟弟只好無奈地暫時搬到客廳睡。

Justin 的母親是幫人家帶小孩的，也就是說，在這麼小的空間裡，白天還會有七、八個小毛頭在家裡跑來跑去。當然，我既然來了，免不了要幫忙他媽帶帶小孩。他母親非常親切，雖然總是操著我不太能理解的台語。

Justin 的父親是個水電工人，專門抓漏水（我這輩子到現在才知道這名詞），或是關於水龍頭的任何事情，他父親都能處理。簡單講，拿我台北朋友的工作型態類比的話，就是接案子。

在嘉義的這個禮拜，我為了證明自己可以融入他的生活，我沒有去逛街，沒有去觀光地，每天就是過著和他爸媽相處的日子。

我學會了包尿布，學會了泡奶粉，還三不五時在吃晚餐的時候，幫 Justin 的父親把修理水龍頭的道具送去幾公里外的地方。半夜，我雖然心裡常常想著台北的朋友，想著我常逛的精品街，常吃的法國餐廳，但我知道我只要再忍一下，就可以獲得真愛。

我一直注意著 Justin 的表情，我知道他很滿意，也很高興。每當他看著我和他爸媽吃飯聊天時的神情，我可以體會得到，他想要這種生活，想要這種老婆。

一個禮拜終於過去了。

我們兩個在之前就講好，如果這次的嘗試順利，Justin 就和我一起回德州，然後幫我打包行李（我的東西比較多），再從德州一起飛到台北向我父母提親。

我自認為這次非常圓滿，於是擅自買了兩張機票，Justin 也非常高興地和我一起到機場。

「Laura，妳回台灣了呀？」一到桃園機場，我就遇到以前的姐妹淘 Carrie。我熱情地與 Carrie 擁抱，並且介紹 Justin 與她認識。隨後，我和 Justin 走到航空公司櫃檯前，這時候 Justin 卻大喊：「Laura，這邊啦！」

我不解地望著 Justin，只看他朝向經濟艙的櫃檯不停用手指著。

「Justin！我們不坐那個，我們都坐頭等艙呀。」從小到大，爸媽就告訴我，搭飛機一定要坐頭等艙，否則寧願不要搭乘。

Justin 站在經濟艙的櫃檯前，呆呆望著我。這時，我背後某片牆上的大型燈箱手機廣告，讓他看傻眼了。

我站在頭等艙的櫃檯前，癡癡望著 Justin，我不懂他為何不走過來。Justin 望著大型廣告一會兒後，眼神終於落在我身上，我們對看了幾秒，Justin 隨後落寞地拉起行李箱，轉身，朝機場的計程車搭乘處走去……

我無法理解這短短的幾秒鐘發生了什麼事情。當我回過頭去，看見牆上的手機廣告燈箱，Carrie 的五官被放得很大，很美……

Carrie 是國內知名模特兒，出現在廣告中再自然也不過了。

但我依舊不了解，Justin 就此離我而去的原因為何……

Chapter 30

我們的事

我叫 Cathy。

我正在生氣。

因為我正在和我的男人 Steve 吵架。

我實在無法理解男人的心。他總是說我的反應很奇怪，不合邏輯，但是我問了身邊的女性好友，大家都認為我的反應很正常。當我告訴他我在身邊所做的抽樣調查結果時，他卻更不屑。

「這種事情不是投票，是我倆之間的問題，和別人無關。」

「可是 Jasmine 和 Debbie 她們都認為我的反應很正常。」

「妳是和他們交往嗎？」Steve很生氣。

我更生氣！所以問題是出在所有事情都應該聽他的嗎？

看著桌上的文件，我還真是無心處理。對了，必須說明的是，我是一名刑警。

對，女刑警，很少見。

「Cathy，這個案子交給妳錄口供。」同事帶了名老人家進來。剛掛完Steve電話的我，連看都不想看。

「什麼案子？」

「謀殺。」同事淡淡地說。不過這已經足以讓我抬頭看看這名嫌犯了。

一身高級運動服，雙眼有神，雖然看得出年紀已經接近七、八十歲，但是不知怎地，卻讓人覺得略顯瘦了些。

「我是來自首的。」老人說。

「你坐。」我從同事手上接過老人的所有資料，閱讀了起來。

「我今年七十四歲，住在天母東路，兩個兒子都在國外置產，原本是外商公司總經理，十幾年前退休後，一直做著公益活動。」

我皺了皺眉。

「這樣的背景，你幹嘛殺人？你殺了誰？」

「我太太。」老人徐徐說道。

也許是因為和 Steve 吵架的關係，我的情緒稍稍有點不太平靜。雖然我也曾經有過念頭乾脆將 Steve 殺了，不過畢竟那只是念頭。

「你的生活這麼優渥，然後沒事就把你太太殺了，現在再跑來報警，你是覺得社會上的事情不夠多嗎？」我說。

「不好意思，其實不想麻煩你們的。只是想說屍體畢竟還是要處理，不和你們講一聲，你們也是會追查。」老人家說得很平靜。

「聽起來，你似乎一點都不覺得有反省的必要，那是一條人命，和你生活了幾十年的太太，你就這樣下得了手……」

老人家不做任何反應。

「怎麼殺的？」我問。

「我從醫院偷了一些化學藥劑，我也不知道名字，但我知道那些東西吃了會死。」很老人家的回答。

我心裡想著，是不是男人都這麼壞，只會用自己的立場看事情、想事情呢？

「為什麼要殺死她？」殺人總要有動機吧。

「嗯，因為我快要死了。」我聽完後，眼睛瞪得老大。這算什麼鬼理由！

老人家邊說邊拿出一個牛皮紙袋給我，我從牛皮紙袋中掏出一份類似病歷表的文件。

「我得了癌症，已經拖半年了，最近越來越不舒服，因此也不住院了，直接住在家裡，但我知道我時間不多了。」

我越聽越糊塗。

「你快死了，你不好好養病，卻反過頭來把你老婆殺死了？」

老先生笑笑說著。

「對呀，其實……我老婆很膽小、又怕孤單，如果我先死了，她一個人不但不敢生活，而且就連要自殺都不敢，這樣的話她會一個人過得很可憐……每天一直哭，一直想我……」

我漸漸懂了。

「所以……反正我快死了，我先讓她走，我很快就會過去了……」老先生看起來一臉滿足。

「可是你這樣是犯法的，大家會覺得你……很不好……」這時我覺得鼻頭有點酸，眼眶帶了點濕意。

「這是我們的事，和別人沒有關係，我不需要得到別人認同，只要我們兩個人認同就可以了。」老人家滿是皺紋的臉上露出一抹微笑。

我點點頭。心裡也打定主意，準備晚上過去聽聽 Steve 的說法……

Chapter 31

愛情機器人

我睜開眼睛後看到的這個男人，讓我心跳得好快。我無法形容那是什麼感覺，但是我知道，我很喜歡看著他。

「早，Jolin，我是 Chris。」

Chris 有一雙很深邃的眼眸，看著我的時候，我彷彿是這世界上最美麗的女人一般。

「早。」我回應著他的招呼，心中卻有一種壓抑不住想要環抱他的衝動。

「我們走吧。」Chris 站了起來，將手伸出來，示意我牽住他的手。

我臉上的溫度似乎微微提升，然後我緩緩伸出手，握住他的手。Chris 笑了。

那笑容就像是我生命的意義一般燦爛。

我們到了一條不知名的街上，到了一座電影院。Chris 買了票，在等待電影開場之前，我依舊牽著 Chris 的手，徜徉在一片陳列著許多時尚設計的櫥窗前。

「這些東西，美嗎？」Chris 問。

我看著櫥窗裡的包包、衣服，笑笑回答。

「很美。」

「想買嗎？」

「不需要，看看就好。」我說。

Chris 滿意地微笑著，我並不懂這樣的對話有什麼地方令他滿意，不過看到 Chris 高興的表情，我就心滿意足了。

沒多久，我們進去看了「電影」。電影講述著戰爭時期的音樂家，因為大環境不得不拿起槍桿，但是最後還是靠著音樂，救贖了他的生命。走出電影院以後，Chris 針對電影內容和我聊了起來。

我很開心，將我看完的感想毫無保留地說給他聽，而Chris也會一邊聽我的想法，一邊回應他的意見。

這時我體會到牽手以外的感覺，非感官式的。

晚上，Chris領著我進入一間法式餐廳。位子似乎是Chris預訂的，很有禮貌的服務生熱情而低調地招呼我們，我熟練地翻閱法文菜單後，點了幾道精緻的法國菜。席間，Chris看我遵循著餐桌禮儀，順暢吃完晚餐後，Chris又露出了滿意的笑。

我自然也開心。

回到Chris家中，我們兩人忘情擁吻，褪下所有的衣物後，和Chris結為一體，這美妙感受才真的是我這輩子永遠忘不掉的體驗。

我知道，我深愛Chris，他也是。

隔天早上，我再度睜開眼看到了Chris。

「早，Jolin。」他的眼神依舊令我心動，我希望我每天都可以看到他。

「妳愛我嗎？」Chris接著問。

我毫不猶疑地點了點頭。

「我必須告訴妳一切，否則對妳不公平。」Chris 在我面前，坐正了身子。

「……妳是機器人，是我製造出來的。妳的外貌、腦中的一切程式、思考邏輯、情緒反應、喜好和知識，都是依據我的理想型所輸入的……因此，妳會永遠愛我，會依照我希望的一切理想行動……」

我聽完後並不驚訝，因為我自己其實有感覺。只不過看著 Chris，我的腦子很自然地運作，開始思考問題。

「我會永遠愛你，那麼你會永遠愛我嗎？」我問。

Chris 又笑了，非常燦爛。

「當然，因為妳是依照我的一切理想創造出來的，我當然會永遠愛妳。」

Chris 的眼神比這句話看起來更加堅定。

我站了起來，摸了摸自己身體，並檢查自己身上的構造。

「可是，我身上沒有電線，也沒有電池，難道……我不需要能源嗎？」

「需要的，這是我偉大的發明，妳的能量來自我對妳的愛，只要這份愛持續，妳的能源就不會停歇。」Chris 得意地說，這答案給了我好安心的感覺。

於是我們就這樣過著日子。

一天，一天，又一天。那是完全充滿著愛情的日子。每一天醒來，我都會因為看到 Chris 而感到心動，每一天，都因為 Chris 在身邊而倍感意義。

某一天早上，當我醒來時，卻沒有看到 Chris，眼前是一個年輕小夥子。

「妳好。」小夥子害羞地對我打了聲招呼。

我起身看了看四周，發現我躺著的地方，並不是 Chris 的床，而是一個類似倉庫的地方。

「你好，請問你是？」我疑惑著。

「我叫 Richard。」年輕人笑笑說著。

我站了起來，對於 Richard 的名字我並沒有太大的興趣。不理會他的扶持，我快速在這個空間裡發現了一個往上走的樓梯，我急切地想要離開這裡去找 Chris。

上了樓梯後的空間，是我熟悉的地方。那是我和 Chris 每天一起生活的客廳。

只不過，似乎有些什麼東西不同了，是裝潢，還是？

這時我注意到客廳牆上的大型照片，全身不自覺地發起抖來……

沒多久 Richard 也從地下倉庫爬了上來，循著我的眼光望向牆上的照片。

「喔，那個呀，那是我爸媽的結婚照，二十年前拍的了。」Richard 說。

我相信我沒有看錯，照片中的男人，就是 Chris。

「當然，因為妳是依照我的一切理想創造出來的，我當然會永遠愛妳。」

「妳的能量來自我對妳的愛，只要這份愛持續，妳的能源就不會停歇。」

我這時發現腦中的程式出現了「謊言」這個字彙，眼睛也不知不覺流出不明液體……

Chapter 32

嫁給我，好嗎

面對著頭髮都已斑白的鐵生，我多麼想開口要他放棄……

高中時我們同班。鐵生是班上出了名壞學生，我卻不得已當上了與他不同立場的班長。

翹課、打瞌睡、沒有照時間交作業……每當他做出這等惡行惡狀時，我都得要挺身訓誡鐵生。

「鐵生，你到底要怎麼樣才可以乖乖讀書呀？」有一次我在課堂上發飆問他，我真的不想管了。

鐵生卻一反常態裝出認真的表情。

「妳嫁給我，我就會認真上課了……」鐵生的話一說完，全班同學都起鬨，要我立刻答應，我當場把頭低到水平線以下。雖然我不知道他是否是認真的，但這是這輩子第一次有人向我求婚。

上了大學之後，我交了男朋友，鐵生則是高中畢業後就去上班了。男朋友總是開著轎車，載我到淡水看風景，到基隆吃小吃，到陽明山看花，到中南部踏青。

很巧，好幾次男朋友晚上載我回家的時候，我都還看到鐵生騎著摩托車在發傳單之類的。

鐵生是房屋仲介。

大四那年，男朋友劈腿，我心傷。我第一次體會到男人的可怕和感情的殺傷力。我躲在家裡一個月，完全沒有出門。

鐵生在這時候來了，手上拿著一束花。

「嫁給我，好嗎？」沒想到這傢伙完全不挑時機說話，劈頭就來了這句。

我笑了。不管他是不是開玩笑，這樣的話都給了我極大的力量。我想，不管發生什麼事情，鐵生都還是可以這樣把這麼重要的事情，當作玩笑來講吧。

我用年紀太輕還不想嫁人，敷衍過去了。

出社會之後，我的工作運不太順暢，做了好幾年，卻依舊在做基層員工。某一天，鐵生開著賓士車到我家門口，說是要接我上班。

「錢賺得多了不起嗎？」看著鐵生，再比照自己的現狀，我從沒發現自己的心眼如此之小，竟然無法接受高中那個不守秩序的男生，現在過著比我好這麼多的生活。

我當然清楚這一切都是鐵生自己打拼的結果，但是從那次之後，我就再也不想見到他了。

我知道，是我的自尊心作祟。

三十二歲那年，我認識了同樣在公司上班的貴興。同樣的平凡，同樣的薪資水準，我在半年後就接受了他的求婚。

也許帶著點炫耀，帶著點不平，我刻意發了帖子給鐵生，我想要他知道，就算他事業有成，還是娶不到我。

果然，結婚前夕，鐵生來找我。

一身合宜的西裝，梳理有秩的頭髮，搭配著不同於以往的談吐。

「嫁給我，好嗎？」鐵生和我家裡人打過招呼後，面對我的第一句話依舊沒變。

攤在我面前的，是一顆耀眼奪目的鑽石，高雅而脫俗的設計。

這更激起了我的反感。我要鐵生離開，甚至要他連婚禮都不要來了。

那天晚上，我哭了整晚。

和貴興結婚之後，日子過得相當平淡。我們沒有小孩，也沒有積蓄，沒有房子，也沒有車子，每天就過著上班再下班的日子。

生活了將近十年，貴興提出離婚的要求。

離婚的原因，把我一直誤以為的平凡完全粉碎掉——貴興愛的，是男人……

我一直以為，我找到了個平凡的男人，想要過平凡的人生，已經是將要求與欲望降至最低，卻怎麼樣也沒想到，他一點都不平凡……

四十歲的時候，我搬回娘家住。鐵生，來了。

我要家裡人騙他我不住在這裡，躲在房間裡的我卻忍不住哀傷。我沒有不愛鐵生，只是無法跨越心裡的那道障礙。

我曾經想過，如果早就跟了他，我的人生是否還會像現在這樣，如此難堪？兩年之後，我發現自己罹癌，進出醫院好幾次後，我的心胸總算是寬大了起來。

在最後一次的手術前，我主動請家裡人聯絡鐵生。

鐵生瘦了，更顯得英挺，相較於我的落髮及消瘦，更顯出他的不凡。只不過，鐵生依舊是鐵生，說的話，沒有變過。

「嫁給我，好嗎？」鐵生說。

「如果手術成功的話，我就嫁給你，手術失敗的話，你就……」我第一次可以很冷靜地回覆他這句話，只不過，就被他打斷了。

「不用說了，我們一定會結婚的。」鐵生握著我的手，眼神堅定地說著。後來每一年的這個日子，鐵生都會來看我，帶著當年那只戒指，走到我面前。然而，面對著頭髮都已經斑白的鐵生，我多麼想開口要他放棄……

「嫁給我，好嗎？」鐵生會將戒盒放在我的墓前，低著頭重複這句話。

我的回答，他是再也聽不見了……

Chapter 33

一百個測試

拿到 Ivy 的帖子後，我足足呆了五秒鐘。

原因無他，只因為紅色象牙紙上面，Ivy 的中文名字旁邊，那個熟悉的新郎倌的名字，讓我確認了好一陣子。

Albert。一個我曾經認定是真命天子的男人，卻在分手的半年後，即將成為我同事的老公！

對於一向充滿自信的我而言，這著實像是一記悶棍。我知道 Ivy 不是刻意對我祭出這樣的招數，因為她壓根不知道我和 Albert 曾經交往到那個地步。

「Mei，要來唷！」Ivy 那張腮紅很不均勻的臉上，在說這話時竟然透露出逼人的光采。

我強裝笑容，只因為我無法相信，Ivy 這樣的女人竟然可以得到 Albert 這樣的好男人。

說真的，我不是心眼很狹隘的人，但 Ivy 真的可以說是辦公室裡最沒有女人味的女人了。年紀接近三十五歲的她，不但化妝技術拙劣，衣著品味低俗，就連女人最重要的身材及皮膚保養都可以搞得完全走樣。

這也是當初我們舉行辦公室聯誼時，Ivy 總是在初期不受青睞的原因。每一次和那群黃金單身漢出遊回來後，接到最多電話邀約的人一定是我，而我也樂於從眾男人堆中，挑選出最優質、條件最襯我的來交往，那些我挑剩了的男人，才會是我的姐妹淘同事們可以競逐的對象。

而 Albert 絕對是我這幾年經歷過的聯誼當中，最接近理想型的男人。上市公司的高階主管，三十五歲還擁有健碩的體態，談吐優雅、個性體貼，真的可以說是我的首選。

聚餐回來之後，Albert 就對我展開了熱烈追求，而在我欲擒故縱的手腕下，Albert 很快就完全折服於我的魅力之下。

只不過，Albert 雖然符合了我的基本要求，但是接下來，我可是在日常生活中列出了一百個測試。我曾經發過誓，如果有男人想要娶我，一定要在通過我一百個測試之後，我才會心甘情願地下嫁給他。

於是，在與 Albert 約會的過程中，我開始了我的試驗。

其中包括在我約會遲到兩小時後，不會發脾氣。

約定好要打電話的時間，誤差必須在三分鐘之內。

每次約會的行程，他都必須事先安排好。

來到我家後，會主動將我客廳的垃圾收好。

開車載我到某地時，需要先將我放在目的地，自己再去停好車。

當我暗示我在逛街過程中愛上了某樣東西，他必須在一週之內把它送到我面前。

或者是晚上我嘴饞時，必須立刻送宵夜到我家來……等等諸如此類的一百條測試，只要有一條違反了，我就會提出分手。

也許大家看起來會覺得我很無理取鬧，但這是婚姻大事，我當然要好好觀察我的對象一番。當他通過了測試之後，我就不會這麼挑剔了。

而 Albert 真的是個超級無敵又獨一無二的黃金單身漢。因為不管我是暗中測試，或是明目張膽地要求，Albert 總是恰如其分地做到了我的要求。

我心中曾經一度大聲吶喊：「出運了，我真的遇到了……」

然而，事情就發生在我要他做第九十九件事情之後。當我要他在下班途中，到洗衣店幫我把送洗衣物拿回來後，Albert 就此失蹤了……

失去聯絡的前幾天，我撥了電話、發了訊息，但總是石沉大海。於是我失望地告訴自己：「不行……他還是撐不過呀……」於是，我也放棄了再與他聯絡的念頭。

就這樣過了半年，我就收到了Ivy的喜帖。

我假裝若無其事地問Ivy：「是上次去聯誼認識的那個Albert吧？怎麼會這麼快就要結婚了？是他向妳求婚嗎？還是？」我其實心裡一直認為，是Ivy使了什麼手段，才會讓Albert願意和她結婚。

Ivy再平凡也不過的五官上，又出現了笑容。

「……我也不知道男人的心態耶……只不過交往一陣子之後，Albert忽然失蹤了一個月，我緊張到每天不停打電話或發信關心他、找他。一個月之後，他忽然就主動出現在我面前，對我說：『我對理想的另一半，只有一件想要測試的事情，就是當我無故消失一段時間之後，我的另一半可以體諒我，並且關心我，耐心等候我。』他說完之後，就拿出了一大束花，於是，我們就決定結婚了。」

聽完了Ivy的話，我恍然大悟……

Albert輕易通過了我九十九項測試，而我卻無法滿足他唯一的要求……

Chapter 34

地獄的盡頭

我不相信命運，但我的確被捉弄了。

認識 Anderson 是在我生命中最美好的時刻。當年我二十歲。

那時候父親的貿易公司正上軌道，母親也和父親一起經營著公司。我無法計算當時我們家每個月可以賺多少錢，但我知道，父親在那一年買了三棟超過兩千萬的房子。

當時的 Anderson 像個王子一般，走進了我的生命，我不去看他的家世背景，只知道他將我照顧得無微不至。

我畢業那年，Anderson 為了慶祝我拿到學位，帶我去了法國。法國鄉村的浪漫情懷，曾經一度讓我以為自己置身於天堂。

就在鄉村的小屋裡，我們享受了無數次放肆的性愛，讓我很肯定一件事情——我愛死了這個男人。

我還記得躺在床上時，我問 Anderson。

「我覺得，我好像在天堂，你好像是天使。」

Anderson 笑著撫摸我的鼻子，那是他最喜歡做的動作。

「如果哪一天，我下了地獄，你會陪我嗎？」我說。

「我會在地獄的盡頭，當妳的墊底。」

當時我在心中發誓，如果我真有機會上天堂，我一定會緊握 Anderson 的手。

時間過得很快，我找到了工作，也和 Anderson 論及婚嫁。

因為談到了這麼親密的事情，我覺得很多事情也不能再隱瞞 Anderson 了。於是某一天下午，我約了他，在公司附近的咖啡廳喝茶。

「Suzan，有什麼特別的事情嗎？」Anderson 啜著一口茉莉花茶說。

「其實，我和你說我爸媽上面都沒有長輩了，那是騙你的。」

「嗯？」

「我母親那邊的確沒有親人了，可是我還有一個爺爺，是老人癡呆，我和爸媽每個禮拜都要定期去看他。」我擔心著，畢竟這是一個負擔。

只見Anderson溫柔地握緊了我的手。

「這種事情幹嘛要到這時候才讓我知道呢？你根本不用擔心我會有什麼反應的。」

被Anderson這麼一說，我也覺得是我太見外了，這個從天而降的王子，會陪我度過任何事情的呀！

於是，我和Anderson決定在半年之後結婚。

一個月後，卻產生變數了。爸媽在出差去國外的飛行途中發生意外，兩人雙雙過世。

我還沒來得及搞清楚狀況，頭七都還沒辦完，就發現父親的公司早已出現財務危機，之前的房子也都抵押給了銀行。

慌忙之中，我只能就我的記憶，去處理父親公司的所有問題，將可變賣的資產全部出清，好不容易將財務問題縮減為五百萬以內的負債。

而我只是一個小公司裡的客服人員，又要如何償還這樣的債務？我只得白天上班，晚上再到便利商店兼差。

讓我不解的是，在爸媽過世後的這一個月當中，Anderson 就像消失了一樣，完全聯絡不上。

等我將事情處理到一個程度後，Anderson 出現了，理由是他到大陸出差了一個月，他很細心地安慰我、鼓勵我，並且願意陪我度過難關。只不過因為爸媽的事情，他希望我們的婚事暫延。

我不疑有他。

我每天持續著白天上班、晚上打工的日子，卻因為白天的精神不濟，丟了客服的工作。

面對這一連串的打擊，我真的有種墜入地獄的感受。我希望 Anderson 在我身邊，我希望他真的可以支持我，陪我度過這接踵而來的難關。

於是我拼了命地找他，但電話不是沒人接，就是通話中。

終於，我在他家門口堵到了他。

「Suzan，妳怎麼來啦？」Anderson 看起來，依舊如王子般瀟灑。

「Anderson……」我一見到他，眼淚已經停不下來。這時候，我的手機卻響了起來。

「是，是，是……」我驚訝地聽著手機那頭告訴我的消息，臉上充滿了慌張。

「Suzan，妳來找我也好，我有事情要和妳說。」在我掛掉手機後，他說。

「我也有事情……」我的眼淚止不住地落。

「Suzan，我出差的這個月，我發現了一件事情，就是……我們兩人……其實不適合……所以，我們分手吧！」Anderson 說得淡然，一樣如王子般亮麗。

我則是整個人傻了。

我從來沒發覺，我們兩人到底哪裡不適合。

「……剛剛醫院打來說，爺爺……過世了……」我強忍住哽咽，才能夠告訴 Anderson 這個噩耗，但我原以為的最後一道依靠，卻在三秒前，將我踹到了地獄的盡頭。

我還試著將手放在 Anderson 的肩膀上。這時的他，卻將我的手輕輕推開。

「就這事情嗎？對不起，我幫不了妳，我們……分手了。」Anderson 這時打開了他家的鐵門，已經打算將我關在門外了。

只不過，我要說的事情，不是這件。

「爺爺留了兩棟兩億多的房子給我……本來以為我們結婚可以用到的……」說完後，我留著滿臉的眼淚離開 Anderson 的家。而 Anderson 的鐵門，似乎一直都沒有關起來。

我想起了在法國的對話。我真的想要帶他去天堂，但他並沒有陪我下地獄……

Chapter 35

幸福銷售員

我並不想往死胡同裡鑽，但我認為不需要因為一個男人改變我的人生方向。

我叫海豚。沒談過幾次戀愛，最後一次是在兩個禮拜前。我發現男朋友劈腿，還遭到他暴力辱罵，之後便心碎離開。

我對於他這兩年內說的甜言蜜語感到心寒。

尤其他總是會藉由買飾品，告訴我飾品背後的幸福故事，讓我願意將身心靈全盤交給他。

他的一句好話，可以給我十小時的幸福。

分手之後，我不知道怎麼重溫我們有過的感受，望著手上他送給我的戒指，我忽然想去這樣的地方工作。

一個似乎是販賣幸福的地方。

經過了面試，我得到了這樣的機會。三月七日，這家銀飾店的第一家門市，正式在敦化南路一段一八七巷十五號開幕。

我是其中的一個店員。

我很高興，我希望藉由新工作擺脫人生低潮。

開幕當天雖然陰雨綿綿，但是老闆的人脈似乎不錯，許多親朋好友陸續前來捧場，小小的門市倒也擠得水泄不通。

當我正忙著招呼一對年輕夫妻時，一對年輕情侶走了進來。

我看得很清楚，穿著短裙馬靴的女孩勾著一個男生，就是那個曾經讓我感受幸福，卻又令我痛苦萬分的男人。

他叫做阿賢。

很快地，阿賢也看到了我。事情就是這麼巧妙，我招呼的年輕夫妻這時正打算往店外走去，而其他店員都正在招呼客人，顯然阿賢和那名新女子勢必要走到我面前。

我心中千百個不願意。

我不是那種堅強的女生，這時候面對阿賢，我搞不好連眼淚都會流下來，沒想到還要服務他和他的新女友——我懷疑就是那個第三者。

我朝店門外瞥了一眼，老闆正站在外面看店內的銷售情況，也就是說，除非我想丟了這個飯碗，不然就得假裝若無其事地招呼他們。

「阿賢你看，這個就是我們之前在網路上看的那一對耶。」女生無邪地拉著阿賢，不知怎地，他們倆的影像在我眼裡已經開始有點模糊。

阿賢先是狠狠瞪了我一眼，似乎在示意我不准揭穿這件事，但這樣的眼神令我心裡更加難受。

「小姐，可以拿這一副對戒給我們看嗎？」女生開口問我。

「可以呀，請問要幾號的？」我試圖不讓自己的聲音發抖。

「男生十四號，女生八號。」阿賢先開了口。

我心裡又是一陣酸。這個男人之前從來不記得我的戒圍，沒想到卻這麼輕易地就說出了女生的尺寸。

「好，請等一下。」我彎下腰，打算找出他們兩人的尺寸時，卻聽到了女生與阿賢的對話。

「阿賢，這一對戒指有什麼意義嗎？」

「這個就是時間軸，我有我自己生活的時間，包括幾點起床、幾點上班、幾點睡覺，妳也有妳的時間軸，可是當我們在一起的時候，我們兩人的生活就會產生第三種時間軸。妳看，這個戒指有三環呀，就是這個意思。」阿賢說得流利，我卻聽得很不舒服。

因為這都是我們網站上寫好的故事，而我是在這邊上班之後，才知道的。

我心一橫，決定不能夠讓這樣的女生繼續受騙。

於是我起身，對著阿賢說。

「對不起，沒有小姐的尺寸耶，你們要不要看看別的款式？」

女生看起來有點失望，不過很快地，她又看到另外一組對戒。

「阿賢，這個呢？你覺得如何？」

「天使之翼呀，很適合我們。這是在說一個女孩子在路燈下撿到了天使，可是天使斷了一隻翅膀……」阿賢說到一半。

「對不起，沒有男生的尺寸。」被我打斷。

我不知道從哪裡湧出決心，我打算不讓這女生繼續受騙下去，這時候女生感到有點沮喪。

「那這組呢？妳手上這隻戒指好漂亮，有對戒吧？」女生指著我手上戴的「愛吻合」女戒。這句話瞬間猶如一把利刃，戳進了我的心臟。

那就是阿賢去年情人節時送給我的。我下意識瞄了一下阿賢的手上，果然早就空空如也。

「有嗎？有嗎？」女生繼續追問，我卻快要到達臨界點。

「沒有女生的尺寸。」我咬牙切齒地說，我相信旁邊的人都看得出來，我的臉色很難看，氣氛頓時有點僵。

「妳的戒圍是八號的對吧？買妳這只也行。」阿賢的這句話，就像是和我二度分手一般沉重，往我後腦杓重重敲了下去。

我不知道為什麼，我已經被這個男人傷害過一次，竟然還要繼續被傷害第二次。

「這是我的……不賣。」我的嘴唇發抖著，聲音自然也不平順。

「我來就是客人，脫下來，我要買。」阿賢像是在氣我先前假裝沒有尺寸，現在抓到了傷口，不停踩著。

「不賣！」我的聲音瞬間提高，那一刻我知道，我的工作不保了……

因為老闆已經從店門口走了進來。

「不好意思，我是老闆，有什麼事情嗎？」老闆很客氣地和阿賢說著。

「我要買這只戒指，你們小姐竟然不願意賣。」阿賢理直氣壯，我則是在一旁發著抖。

老闆看了一下我，看了一下阿賢，說出了我這輩子都不會忘記的話。

「我們不賣呀，我們是幸福銷售員，如果賣出去的是會不幸福的東西，我們是不販售的。海豚，妳說對吧？」老闆很平靜地說。

我則是有點傻掉了。

「更何況，我們店裡面不歡迎負心漢或劈腿男喔。」老闆比出送客的手勢。阿賢的臉色極度難看，一旁的女生也似乎意會到了什麼。

兩人很不甘願地走出店門後，老闆輕聲對我說。

「妳做得對。我們要做的事情，是要讓客人幸福。」老闆拍拍我的肩膀，便又走出店門外。

這，就是我們的銀飾店——Yume乙葉夢銀飾。

這，就是我們的老闆——H。

Chapter 36

如果我死了

當我還意猶未盡地拿著手機，和死黨妙妙吐著關於威廉的苦水時，威廉卻悠悠地從門口走了進來。

「你終於回來了。」我迅速掛斷了電話，將我的嘴唇貼上威廉的嘴，我分不清威廉是抗拒或開心，但總之，我的舌頭已經伸進他的口腔中。

我太愛威廉了。

自從半年前這名冷酷的俊男，因為女朋友人間蒸發離開他後，我便趁著他最脆弱的時候擁有了他。

他平時不多話，但是做起愛來，卻熾熱得像顆火球。

如果要我選擇，我寧願將這輩子的時間都花在他的身體上，因為他的身體簡直不是人間該有的東西。

我猜，他也很愛我。

他總是在床上賣力地取悅我，不管他自己滿身的汗水濕透了床單。

只不過，從交往到現在，我就是覺得哪裡不對勁。做愛的時候，我覺得似乎有人在監視我，威廉和我說話的時候，我又覺得他看著的人不是我。

我一直心存懷疑，懷疑他在外面有女人。

因此，做愛做到一半時，我會忽然停止蠕動，然後睜大眼睛看著他，問他。

「你外面是不是有女人？」

威廉總是會在這個時候，充滿怒氣地看著我，冷冷的。「妳如果以後再挑這種時候說這種話，我可能會把妳殺死……」

他越是說這種話，我不知怎地卻越是興奮。

「你殺呀，如果我死了的話，我就什麼事情都知道了……」我總是在說完這話之後，再開始繼續我下半身的律動。

通常，威廉這時的表情看起來很爽。

今天威廉在床上的反應不如以往，似乎意興闌珊，也似乎精神不濟，這更令我心裡的那團陰影擴大了籠罩範圍。

我賣力用我的嘴去套弄他那逐漸膨大的下體，換來的卻是威廉若有所思的放空表情。

我急著跳到他身上，瘋狂讓他抽動著，這時我終於窺見他的眼角流露出那一絲想要壓抑又忍不住的快感。

我總算把他的魂給帶回來了，我想。只不過，光是這樣，還不是我要的。我要他更愛我，於是我按照慣例在瘋狂的節拍後，停止。

「你外面，是不是有女人？」我喘息著，汗水將我的長髮黏住臉龐，我得意地笑著。

威廉這次沒有怒氣，只有殺意。

「我說過，如果再挑這種時候說這種話，我可能會把妳殺死……」這是威廉說過不下數十次的台詞。

「你殺呀，如果我死了的話，我就什麼事情都知道了……」我也原封不動地回了他。

只不過，今天有點不同。威廉還等不及我再度扭動我的腰，便伸出雙手，緊緊掐住我的喉嚨。

「你……殺呀……如果我……死了……」我認為威廉想要和我玩玩不同的橋段，因此我依舊說著同樣的話，沒想到這時威廉手上的力道竟然更重了。

「如果……我……死……」威廉的力氣大得我說不出話來。我開始感到恐懼，難道我的懷疑猜忌，真的逼得我的男人崩潰，因而失手……

「……」我開始想要抵抗的時候，已經來不及了。沒多久，我就感到我的眼珠凸出，舌頭也微微露出嘴巴，心跳越來越慢到停止。如果現在照鏡子的話，應該是帶點青色的臉色吧。

不會吧，我真的死了？就這樣不到幾分鐘，就死在了威廉手上。我心念一轉，似乎很多事情都出現了點頭緒，關於他的前女友，以及威廉的冷酷……

威廉光著身子，一手抓起我的左腿，在地板上拖著。他的神情，就像拖著垃圾袋要往垃圾車丟一般平常，也不理會我的頭在地板上拖著，撞擊到什麼突起物。

我被威廉丟到他書房內的更衣間，木門被威廉一把關了起來。以威廉的生活習性來看，我就算在這邊待了一百年，也不會被任何人發現吧。

不過這裡是我的家，雖然我離鄉背井在外面租房子，但同事或朋友應該也會來找我吧。

不過，似乎這樣也不太妙，如果威廉發現有人知道他殺了我的話，可能連那個知道祕密的人也會一併殺死吧。

屍體是沒有時間觀念的。不知道過了多久，我發現有人來了。有人按了電鈴，有人開了門，有人說了話。

「珍妮呢？」隔著門我聽得出來，那是妙妙的聲音，我心裡只能大喊。「妙妙，快走，快走……」

我沒有聽到威廉的回答，可能他隨口說了什麼謊話吧。又沉靜了一陣子，我聽到書房的門被打開的聲音，接著更衣間的門被拉開，我的屍體頭重腳輕地摔了出來。

開門的人是妙妙，她一臉驚慌，我更擔心的是站在她身後的威廉。

「你把她殺了？」妙妙尖聲叫著，我心裡暗自嘲笑她的愚昧，還需要問嗎？還不快離開！

沒想到妙妙轉身就是一巴掌打在威廉的臉上。

「都還沒拿到她存摺裡的錢，你這麼衝動幹嘛？」

「去拿菜刀來……」妙妙唆使著威廉，很快離開了書房。隨後我又聽到腳步聲從遠而近傳來，兩人手上各拿了一把菜刀。

我想起了我最愛對威廉說的話。

「如果我死了的話，我就什麼事情都知道了……」

Chapter 37

浪子的心情

「喂？出來見個面吧，想找妳聊聊。」

「好呀，我也有事情找你。」

掛掉大衛的電話之後，我還是納悶，為什麼這麼心有靈犀的兩個人，這十幾年來就是沒有在一起呢？

我心裡有事想找他的時候，他的電話總是就殺到。每次兩個人聊天，總是會話題一致，接的話也相同。我不想過度美化我們兩人的契合，只不過我還真是沒有遇過別人和我發生過這樣的情況。

但大衛是個浪子。

從大學開始，就是個不可思議的浪子。從我周圍的好朋友 Jane、Ammy、Ann，一直到我的直屬學妹 May，甚至後來我的小學好友、國中好友、高中好友，每一個不是和大衛上過床，就是和他在半年之內交往過。

幾乎沒有例外。

我不停接到身邊這些女性朋友打來哭訴、抱怨、痛罵大衛的電話，但是我心裡想的卻是，這樣的關係，什麼時候才會輪到我……

是的，我喜歡大衛，從大一他上台自我介紹開始，我就喜歡了。而我相信，這十幾年來他身邊的女人，沒有一個比我了解他。

因為我們兩個真真正正是好朋友。

只不過，他就是個浪子。

從另外一個角度來看，大衛他從來不把任何事情放在心上，他也從來沒有皺過眉頭。就算是四、五年前，他母親過世時，他見到我的第一句話也是瀟灑到令我心動。

「結束了，老媽苦難的一生總算結束，接下來就可以好好睡覺啦。」大衛是微笑著說這句話的。

而做法事期間，大衛從頭到尾都面帶笑容，沒有紅過半次眼眶。

所以我說他是個浪子，不會為任何事情羈絆，也不會停留。

我們約在居酒屋見面，也很符合他的風格。

「怎麼樣，看是誰先說，先講好，不然每次講的話題都一樣，又變成在搶話了。」大衛笑著說。

的確，說是心有靈犀，但實際狀況就會變成兩人講的話一樣，互相搶了起來。

「我先講啦！我不相信你這次的話題又會和我的一樣。」我說。

大衛做出「請」的手勢，似乎不以為然。

「我其實很想問你呀，為什麼我們認識這麼多年……我是說……我和你這麼熟，難道你……我是說假設啦，你……都沒有想過要和我在一起看看嗎？」我說得很生硬。

大衛的微笑稍微停止，似乎若有所思。

「看吧，我就說，這次你不可能猜到我想和你說什麼吧……我是說，你和我身邊那麼多好朋友……上床……交往，怎麼……就……對我完全沒有過那種念頭呢……」

大衛忽然大笑。

「哈哈，草莓，妳真的很厲害，妳怎麼知道我今天想要和妳聊這個呢？」

我眼睛不禁瞪大。

「我呀，因為不確定誰才是最後的人……或者應該說，我早就知道誰才是最後的人……」

我一臉狐疑，甚至覺得大衛的話有點文不對題。

「只要交往……或是上床……就只會有兩種結果，一種叫結婚、一種叫分手……大部分的對象我都可以接受和她們分手，因此我會毫無忌諱地和她們上床，但是有種人，我一輩子都不想和她們分手，因此我不能輕易決定和這種人交往。」

大衛的眼睛，一直看著我的雙眼，而我似懂，非懂……

「當我決定要和這種人交往的時候，我希望，可以結婚……」大衛說這句話的時候，我看得出那是認真的。

「妳……就是這種朋友。」大衛收起笑容。他的態度認真到讓我懷疑，這番話是他和每個交往的女人上床前所說的咒語。

我摸著桌上的玻璃杯，用手指輕輕畫著杯緣。不知怎地，我竟然有點說不出話來……

「這是你今天要和我說的事？」我問。

「對……上禮拜結束掉那段關係後，我就覺得……時間到了。」大衛依舊微笑著。我想，他應該認為我們兩人想這事情的時間點這麼巧合，結果也會如他所料吧。

「大衛，我今天……其實不只要講這個……」我一邊說著話，一邊從包包拿出上個月我和未婚夫挑的紅色喜帖，放在桌上。

「……我……下個月結婚。」我不敢看大衛，只敢盯著那張紅色喜帖。只不過，在接下來的一分鐘內，我沒有聽到任何聲音。

我沒有抬頭，大衛沒有說話。

而我一直緊盯著的紅色信封上，忽然出現了幾滴小水珠暈開、褪色的痕跡……

Chapter 38

路過的天使

買完晚上要用的東西之後，我將車子開回公司附近的咖啡廳旁。傍晚五點鐘左右，我看著下班的人群，一個人坐在露天咖啡廳的座位上，準備迎接入夜後預定的計畫。

黃昏的陽光不太刺眼，和煦地灑在我身上，但我心裡卻一點也不平靜。

因為昨天晚上的那件事情。

我不自覺地摸了下自己的臉龐，好像昨天被 John 賞的那個耳光，還火辣辣地烙印在我臉上。

都兩年了……和 John 交往的兩年裡，我無時無刻都在期待，他隨時可能會以充滿創意的方式求婚。從我們認識的那一天開始，他就希望以結婚作為我們交往的短期目標。

「Ann，我們如果結婚的話，才算是我真正生活的開始。因為有妳，我的人生才算完整。」

我也這麼想。

和John在一起之後，我發現了自己生命缺憾的地方都被補起來了，那種圓滿充實的感受，讓我想要永遠持續下去。

只不過昨天晚上，當我去坐月子中心探視朋友時，竟然在那個場合，遇到了John。

更重要的是，John正陪著他老婆做月子，當然旁邊還有一個剛出生的小嬰兒。

被我撞見的John拉著我到馬路上解釋。

「我們一年多前結的婚……那是我老婆，沒錯……」John說得斬釘截鐵。但「一年多前」的意思是說，在和我交往期間，John跑去結婚，並且生了小孩，我卻依舊在這邊傻傻等著他求婚。

我歇斯底里地嚷嚷著說，我要去告訴他老婆，就在這時，我的臉頰感到一陣麻辣，John 的一巴掌就這樣落在我的臉上……

我看著即將落下的夕陽，喝了一口咖啡。當然，昨天晚上的這個事件，代表我的感情已經結束，那塊曾經被補滿的空虛，又再度硬生生被剝除。

「這裡有人坐嗎？」冷不防，一個男人在逆光中開了口。我看不清他的臉，我還來不及回答，男人已經在我的桌子旁坐了下來。

那是個看起來表情平靜，但是臉色憔悴又消瘦的男人。

男人看著我，微微笑著。雖然這男人看起來不討人厭，我也無心理睬任何人，但被一個男人一直看著也不是件舒服的事情。

「有事嗎？」我說。

「妳曾經很傷心過嗎？」男人沒頭沒腦地說。

我搖頭。

其實現在就是我這輩子最傷心的時候，但我犯不著將這心情說給一個素昧平生的陌生男人聽。

「我女朋友，有過……」男人抿了一下嘴唇，接著說。

「兩年前，她和她的上司談戀愛，可是到最後才發現那位上司同時劈腿很多人，她一時無法接受，不但和上司分了手，還被迫辭職離開那家公司。離職當天晚上，她決定結束自己的生命，於是買了一堆安眠藥，準備回家一口氣全部吞下。」

「結果呢？」不知怎地，這故事引起了我的興趣。

「就在她要離開公司的時候，她身邊的同事走了過來——一個平時不太熟的女同事，眼眶泛紅著對她說：『Ruby，我雖然不知道妳為何要離職，但是我超愛妳的……我們以後一定要保持聯絡唷！』說起來很奇妙，我女朋友就因為她說的這句話，重新對人世間有了期盼。她跟我說，對她而言，那位同事就像是個路過的天使，救了她的靈魂。在那之後，那些安眠藥，她一直沒有動過。」

我的眼睛瞪的老大，因為這段往事，聽起來是如此熟悉。

「Ann，謝謝妳，因為妳的一句話，讓我在之後可以認識 Ruby，可以認識我最愛的女人。」男人的眼神滿是感激，而我恍然大悟的同時，也回想起了 Ruby 的臉。她是一個可愛乖巧的女孩，但我從沒想過，自己的幾句話可以對她有這麼大的幫助。

男人說完後便站起身。看來，這不是巧遇，他是專程來找我致謝的。

「那 Ruby 呢？你們要結婚了嗎？」我說。

在逆光之下，我依舊看不清男人的表情。

「Ruby 上禮拜車禍過世了。她說，這兩年和我在一起是最快樂的時光……」

說完這話後，在我瞳孔收縮驚訝之餘，不知道何時出現的男人，也在我沒注意的情況下消失了。

黃昏的陽光不太刺眼，依舊和煦地灑在我身上。我心裡盤算著，決定將我原本買好放在車上的煤炭丟掉。

Chapter 39

暗地裡的女人

「禍福相倚」這觀念，也算是我人生的座右銘。簡單講就是，當一件好事情來臨時，另一件壞事情也即將到來。

我是Olivia，即將進入三十五歲的人生。說起來，我活到現在，真的算是一帆風順。不但有個從大學時代就一路相戀，後來結了婚的好老公，前幾年我們也生了個女兒，但我最佩服自己的是，我的工作在兼顧家庭之餘，還能夠一路往上爬。

也許對於我先生Paul，我有那麼一點點歉疚，因為我每天加班到很晚，即使是假日，加班的機率也很高，但可以比老公多賺一倍以上的薪水，我想我對這個家也算是貢獻良多吧。

只不過，最近我覺得哪裡出了問題……

問題就出在Paul身上。Paul一直是個讓我很放心的男人，不但可以接受我的女強人姿態，也不會在外面搞三捻四，我晚歸了，他也可以把家裡的事情打點得很好。

只不過前一陣子他在工作上領到了專案獎金，高興地躲在房間講電話時，卻被我聽出了端倪。

基本上，在那之前，我一直質疑我老公的能力，可能沒辦法拿到那筆獎金。

「謝謝、謝謝，都是靠大家幫忙啦！」Paul的聲音非常高興，聽起來應該是同事打來恭賀他專案成功。

「……對呀，我老婆當然幫了我很大的忙，不過，我另外還要感謝Jessie給我的力量……噓，算、算是暗地裡的女人……」Paul說到此處時，像是忽然察覺我在房門外，急著壓低聲音。

「不說了、不說了。」隨後Paul立刻掛掉電話打開房門。當然，我就站在門外。

Paul 刻意裝得若無其事，我也假裝什麼都沒聽到。

但這個疑惑卻在我心中不停擴大……

誰是「暗地裡的女人」？誰是 Jessie？

從那天起，我上班開始無法專心，並且每天準時下班回家，只為了抓到老公口中的那個女人。

我趁著 Paul 洗澡時，偷偷拿出他的手機，查閱他的訊息，並搜尋通訊錄，不過 J 開頭的聯絡人，只有一個叫做 Jay 的男人。

當然，中文名字我也不放過，我檢查每個女性聯絡人，試著回想她們的英文名字。令我驚訝的是，Paul 的手機裡每個女性聯絡人，我竟然全部認識。

而且，沒有一個人叫 Jessie……只能說，Paul 真的很小心。

我的搜索行動至此算是失敗，不過我依然不死心地登入他的電腦，試圖從郵件聯絡人中找出線索。

終於，我看到了 Jessie 這個名字。這時候，我的冷汗直流、心跳加快，心裡不停盤算著，要怎麼對付這個破壞我大好家庭的女人。只不過思考半天後，我決定順著我的個性，直接發了郵件約她出面。

Dear Jessie：

我是Paul的老婆，我想約妳X月X日下午五點在XX咖啡廳見面。希望妳準時前往。

當天下午我穿著一身黑色套裝，準備拿出我在職場上幹練的一面來挽救我的婚姻。只不過到了現場，我就傻了。

「Olivia，這邊！」一個微胖的婦人坐在咖啡廳內對我招手。然而看著她的臉，一時之間，我竟想不起來我與她有什麼連結。

「唉唷，自從你們婚禮後我們幾乎就沒見過面了。我才剛和Paul說我取了個英文名字Jessie，沒想到妳就寫信來約我喝咖啡了。」

胖婦人滔滔不絕說著，而我腦中經過了一連串的面孔比對之後，我終於想起她是 Paul 的表姨媽。要不是這次的事情，我想這輩子應該也不會再見到她了。

顯然她不是 Paul 說的那個女人。

經過表姨媽半個小時的敘舊轟炸之後，我好不容易擺脫了她，無奈又失望地走在回家路上。

想著想著，我的思緒不自覺地跑進死胡同中。一想到我和 Paul 的家庭有可能因此破碎，我忽然覺得自己在工作上的拼命表現格外諷刺……

當我走到家門口時，Paul 正站在門外，看起來不像是在等我，卻等到了我。

「今天這麼早回來呀？」Paul 略微發福的臉上露出了笑容，那平靜的表情看得我的眼淚都快要落下……我想要和 Paul 攤牌，如果 Paul 真的有了外遇，我不得不去面對這個事實。

「Paul……」只不過話一到嘴邊，我的眼淚就已經拼命流出。Paul 看得一臉驚慌，但我已經停不住淚水。

正當我整理好情緒，再度打算開口時，我和 Paul 的身後傳來一句叫聲。

「Jessie，see you tomorrow！」幼稚園老師站在娃娃車上，對我和 Paul 的寶貝女兒大喊著。這時女兒已經一溜煙跑到我和 Paul 的身邊。

「爸比，媽咪怎麼哭了呀？」女兒不解地問 Paul，而我卻因為自己的恍然大悟，再次哭得一發不可收拾。

曾幾何時，我連女兒上幼稚園取了英文名字都不知道，我竟然只想著不信任 Paul，沒有檢討過自己對家庭漠不關心。

擦乾了眼淚後，我抱著 Jessie，這個 Paul「暗地裡的女人」。

「Jessie，媽咪今天下廚，做菜給妳吃。」我說。

Chapter 40

半途而廢的老爹

我叫 Alice，在單親家庭中長大。

母親在我七歲那年得癌症過世了，之後就只剩下我和父親相依為命。

老爸是個樂天派的人，從來也沒見過他為了什麼事情特別難過或生氣。對他而言，似乎天塌下來都有別人會解決。

也許是因為這樣，老爸這一生看來不太有出息。我相信在我內心很深的角落，存在著看不太起老爸的想法。

雖然他一路養育我，並且供我讀書讀到研究所畢業，不過我始終認為，那是憑我自己的實力，就算父親沒有幫我付學費，我也覺得自己可以靠打工掙來。

拿到碩士學位之後，我在國內一家老牌汽車公司上班，也有了一個論及婚嫁的男朋友俊良。因為我表現優良，主管很快便打算讓我升職。

這天，主管 Victor 把我叫去。

「Alice，前兩天我們主管會議討論到打算幫妳升職，因此又把妳的履歷給調出來看了一下。」。

前半段的話，雖然是讓我意料中的開心，只不過後面未說完的語氣，卻讓我覺得有點心虛。

「有什麼問題嗎？Victor？」我問。

Victor 仔細用他的老花眼鏡看了一下履歷，然後再抬頭仔細看著我的臉。

「你父親鄭天，是不是眼睛旁邊有顆痣，然後耳朵很大呀？」Victor 問。

不知怎麼地，我的背脊一陣涼，我心想，這又不是警察局，還得查我背景身世嗎？

我吞了口口水：「是的，我父親的確是長那樣的……有什麼問題嗎？」

Victor 站了起來，略皺眉頭。

「妳爸爸，以前在我們這邊上過班，是我的同事，當時表現很好，主管都很賞識他，只不過，就在要升他當主管的時候，妳爸爸就不見了。」

不見了！

「不知道是承受不了壓力還是怎樣，他連辭呈都沒提，就消失了……」Victor 回憶著過往。

「……」我聽得冷汗直流，這種事情不會讓人有遺傳的聯想吧。

「沒想到，過沒幾天，竟然聽到同事說他跑去做工地了，好不容易讓大老闆賞識的說，真是可惜……」

結果，這話題講到這邊就停止了。我的升職一事，到頭來變成沒有下文，就因為當年父親的臨陣退縮，Victor 說要下禮拜再討論一次才會定案。

很自然地，我回去後並沒有給父親好臉色看。我不知道老爸之前做過什麼樣的工作，不過老爸這幾年守著一個夜市黃金攤位，也算是穩定。

「小愛呀，我們攤子上這米苔目，妳之後就吃不到了，多吃點……」老爸忽然冒出這話，讓我有點傻眼。

「什麼意思？」

「沒什麼啦，就老爸不太想做這個了，我朋友幫我介紹了個警衛工作。我一直想當警察看看，現在有機會當警衛，妳說是不是很有意思呀？」老爸故意擠眉弄眼地說著。

「你可不可以有點持久性呀！為什麼做什麼事情都半途而廢呀！我不吃了。」我怒了，也離開攤位。

這個禮拜內，我幾乎都沒和父親說過話。一看到他的臉，我眼前就會自動浮現「半途而廢」四個字……

一個禮拜過後，人事部門宣布了我的升遷，Victor 再度把我叫進辦公室。

「Alice，真是託妳的福，我和妳爸又聯絡上了。」Victor 看起來很高興，我則是充滿不安。

「不過妳爸也真是的，當年為了妳媽的病，寧願放棄自己的前途，然後跑去做苦工……他說那樣短期賺錢比當上班族快……我當然知道呀，只不過……唉……」Victor 邊說，眼眶邊泛著淚光。

聽完之後，我有點良心不安地責怪起自己，畢竟我算是誤會了老爸。

下班後，俊良已經在公司門口等我，並且又提出上次我們沒討論完的事情。

「這是什麼？」我看著俊良手上晃動的鑰匙，疑惑著。

「妳不是說，如果我們沒有房子的話，妳就不和我結婚？」俊良笑著。

我恍然大悟，驚訝地握著俊良手上的鑰匙。

「你真的買了那房子？你真的買了！我們要結婚了？」我無法壓抑我的開心，因為之前為了這個問題，我和俊良幾乎鬧到快要分手了。

忽然我眉心一皺，察覺到問題。

「等等，你哪來的頭期款？」那房子不便宜。

俊良不解地看著我：「我還以為妳知道這事情……不是妳爸把攤子賣了，說要給妳當作嫁妝的嗎？」

我看著俊良，當場一句話都說不出來。不知怎地，鼻頭一陣酸意湧上，眼淚也撲簌簌掉了下來……

我拉著俊良，只想趕緊回家，然後給老爸一個最大的擁抱……

Chapter 41

維多利亞的祕密

魔羯座，A型，今年三十五歲的我，從大學開始交往第一個男朋友後，平均每三個月換一個男人，到現在少說也換過四、五十個男人。

身邊的朋友都說我的愛情觀有問題，我則是笑而不答。

因為我的英文名字是Victoria，所以我總是告訴他們，這叫做維多利亞的祕密。別人不會理解，這就是我的生活方式。

旁人大多數都羨慕我，卻不知道我內心的掙扎——那是一段不為人知的往事。

一直到我遇上了阿達。

阿達大我幾歲，看起來卻比我年輕。我永遠記得第一次認識他的時候，是在朋友的聚會上，他虔誠地幫身邊的女孩祈禱。篤信基督教的他，給了我極好的第一印象。

我相信那是緣分。

於是我們兩個開始交往，約會。

第一次出去的時候，他細心地要我走在他的右手邊，因為左手邊靠馬路，比較危險。

從那次之後，我總是習慣牽著他的右手，看著他的右臉，走在他的右邊。

我們相處的時候，我刻意不去談以前的事情，因為我知道，交往男人數如此之多的女人，肯定不會給人什麼好印象。

更何況，我還有一個祕密……

阿達與別的男人還有一個很大的不同，那就是他身為保守的基督徒，不會在婚前要求與我發生性行為。

我一方面感到欣慰，另一方面又感到罪惡。

當愛情越趨濃烈的時候，我就更想要將自己心中的一切坦白給對方知道，因為他是我經過選擇之後，在這世界上最親密的人。

這種內心拉扯的情況讓我與他相處得很不自然。一方面想要告訴他我的祕密，卻又無法啟齒。另一方面，我知道我心中的陰影需要藉由某件事情的發生，才有可能擺脫。

幸好這樣的尷尬期沒有持續很久。認識了四個月左右後，在一個炙熱午後，阿達用了非常老套的方式——下跪，給捧花，秀戒指——向我求婚。

這時我心頭的大石才總算放了下來，我知道我深藏了許久的祕密，終於快要浮出水面，我真正輕鬆的人生也才正要展開。

新婚之夜，阿達準備關上燈，迎接我們兩人的第一夜前，我開了口。

「阿達，事情結束之後……我有個祕密想要告訴你……」我其實有點要詐，因為我不敢在上床之前先對阿達坦白。

阿達溫柔地看著我，嘴唇貼了上來，一路吻到我的耳邊。

「什麼事情都等之後再說……」阿達纏綿的口氣在我耳邊呢喃著，我的身體也因為阿達的吻失去了力氣，等候著阿達的到來。

那一個小時，是我從未曾有過的體驗，我彷彿離開了地面……

結束之後，阿達躺在我身邊，靜靜看著我。

「妳的祕密是要說……妳是第一次？」阿達的口氣有點驚訝。

我一邊摸著阿達的右手，一邊深呼吸，準備說出我放在心裡許久的那段往事。

「我要說的是，我沒有性經驗的原因……國中那年，我被一個外校的男子強暴……最後我狠狠咬了他的手一口，才乘機逃跑……雖然……雖然他沒有得逞，但是從此之後……我就無法，或是說不敢和別人做這事情……因此我以前的男朋友，總是交往不長久。」

說完後，我大口大口呼吸著，慶幸自己終於說了出來。阿達的表情則是顯露出驚訝狀。

「所以在那之後……妳都不敢和男人？」阿達問。

「嗯……」我點頭說道。「不過我沒想到……這事情……竟然會這麼舒服……」我講這話的時候，兩頰因為害羞都泛紅了。

這時候阿達翻過身，用他另外一隻手抱住了我。

「我那個時候和妳說會舒服，妳就不信……」阿達說。

我看見阿達抱著我的左手臂上，有著一道鮮明的齒痕。

一股寒意從我腳底竄上來，直達頭頂……

Chapter 42

Ammy的結婚典禮

我不相信上帝。

我不在乎別人怎麼評論我這個想法，因為他們不是我，無法體會我的感受。如果上帝存在的話，不可能讓我身邊一點好事都沒有發生。

三十三歲，上個禮拜開始再度單身的我，原本薪水微薄，最近也很趕流行地被裁員了。外貌平庸、生活平淡，這輩子甚至從來沒有中過發票。

也許，其他事情我不是真的那麼在乎，但感情這條路上，實在讓我無語問蒼天。

我知道我條件不好，只不過兩段戀愛竟然都是被對方劈腿，甚至最近這一段五年的感情，我還在對方身上花了數十萬元……

感情的挫敗，讓我從上禮拜到現在整個人都窩在家中，完全無法回到現實生活。偶爾下去便利商店買便當，順便從信箱中拿些信件，算是和外界的唯一接觸。

在一堆帳單與廣告信中，我發現了一個顯眼的紅色信封。

Ammy 的喜帖？我傻了……

我的驚訝不是沒有道理，因為我這個高中時代的死黨三年前就已經結婚了。我實在不懂，怎麼又會出現這樣的喜帖。定睛一看，對象就是她老公的名字，想必是他們結婚週年慶之類的日子吧，Ammy 總是可以搞出很多花樣……

然而身邊有這樣的好朋友，更是令我不平……

從高中開始，Ammy 就像是被幸運女神眷顧一般，她的身邊幾乎只有好事，沒有衰運。在我的印象中，Ammy 總是神采飛揚、笑臉迎人，這麼強烈對比之下，讓我對自己的人生更加難以接受……

喜帖上的日期寫著明天，並且強調大家絕對要到，紅色燙金邊的紙上寫滿了不見不散之類強烈的措詞。

苦了我還深陷在被劈腿分手的愁雲慘霧中，一點都不想踏出家門，心裡掙扎了一整晚，最後還是屈服於和 Ammy 多年的交情，硬著頭皮去接受 Ammy 近似於炫耀的典禮。

我穿得很樸素，但我實在無心打扮……走在這樣的婚禮中，我更覺得自己突兀，一種自卑的心態再度油然而生。

Ammy 的這場「婚禮」舉辦得比上次正式結婚還來得盛重。我看到 Ammy 身著晚禮服，美得就像頒獎典禮上星光大道的明星一般。

「Cindy，妳來啦！」Ammy 熱情地和我擁抱，眼睛裡像是充滿了話想要和我說，不過賓客實在太多，我很快就被帶位人員帶到了我該去的位子。

一個陌生的桌，一群陌生人。Ammy 出社會後結交的朋友太多，以至於我的左右邊根本都是我沒見過的面孔。

左手邊一個面無表情的男人，不停冷酷地上下打量我，好像我是個發了酸的飯糰般。我受不了這樣的眼光。我知道我是個感情失敗的女人，但我不需要別人來評判，我憤而撇過臉去，不想與這種男人的眼神交會。

沒多久，婚禮開始了。不像一般結婚喜宴的陳腔濫調，反而多的是一連串的表演節目，幾乎整場宴席的前半段都是非常精彩的秀，看得來賓們個個心情大好，大家也都喝酒聊天得相當開懷。

惟獨我。

遠遠看著Ammy開心地和大家舉杯慶祝，我就越難不去想起那個上禮拜傷了我的男人，越難不覺得自己來這裡有多愚蠢。

典禮到了後半段，Ammy和她先生上了台，總算是要讓大家知道，今天慶祝的好事為何，讓大家一同分享他們的喜悅。

「各位親朋好友，歡迎大家今天來到現場參加我們典禮。今天的『結婚典禮』可能和各位想的不同，因為今天是我們兩個『結束婚姻』的典禮。」Ammy說得開心，但最後一句話一說出口，全場嘩然。

我更是驚訝到說不出話來……

「Peter上個月出差的時候，認識了個金髮女郎，他瘋狂愛上了她，因此經過這個月來，我們兩人反覆討論與實驗之後，證實Peter確實比較愛她，所以我們決定在今天，向大家公開這個決定，希望大家祝福我們！」Ammy的臉上依舊充滿了笑容，就像當初結婚時那樣開心……

全場的朋友雖然都報以掌聲，但我真不知道每個人心中想的是什麼，嘲笑Ammy？責怪Peter？還是真心認為這個婚禮很棒？

雖然這麼說很低級，但當我聽到Ammy的這個消息，我的心情頓時好了很多……

為了掩飾我內心的情緒變化，我起身到了廁所一趟，剛好遇到了補妝的Ammy。

「Ammy，妳沒事吧？」不過表面上，我還是真的關心她。

「當然沒事，這是全新的開始呀。Peter找到了更適合他的人，我的新生活也從現在開始，我開心都來不及呀……」Ammy的笑容，讓我真的相信她說的話。和我擁抱過後，她匆忙離開，準備去送客了。

擁抱那瞬間，我才發現自己的幼稚。

Ammy從小到大並不是都只有好事的呀！只不過面對逆境的態度不同，因而產生不同的結果罷了。同樣是劈腿，而且Peter還是在結婚的狀態下……

我看著鏡中的自己，像是想通了什麼，嘴角微微笑著，順手從包包拿出口紅，妝點了一下自己。什麼事情，都是由自己開始的吧，我想。

沒想到一走出廁所，竟然遇上了我原本不想看到的男人，那個坐在隔壁一臉冷酷的陌生人。

不過也不知道是因為心情轉換還是如何，這時面對他，我的心態平靜了不少。那陌生人站在我面前，表情依舊冷酷。

「妳是Ammy的朋友嗎？我叫Mike。」他伸出了手。

我覺得，我的世界好像已經開始微妙改變……

Chapter 43

地球人的愛情行為

晚餐後，我和傑森慵懶躺在沙發上，電視新聞如跑馬燈般迅速轉換著。

「各地傳來牛隻羊隻內臟被挖空事件……」

「麥田的神奇圖騰事件依舊在美國各州發生……」

我並不想制止傑森無規律的轉台行為，因為和他這麼多年的婚姻生活裡面，吃完結婚紀念日大餐後的現在，已經稱得上是我最悠閒的時刻了。

「蜜雪兒，我們結婚這麼久了，我可以問妳一些心裡話嗎？」冷不防，傑森已經關掉電視裡關於外星人的報導，起身面對我。

我點頭。事實上，我最難捱的事就是和傑森說話了，因為他講話時毫無高低變化，就像機器一般冷靜。

「二十年前，我追求妳的時候，同時還有另一個男人對妳有好感。應該說，我們是同時在追求妳的，可是當時妳選擇了和我結婚，可以告訴我原因嗎？」傑森說話的時候，一如往常臉不紅氣不喘。

我有點訝異。他在結婚二十週年的晚上，翻出二十年前的情敵，目的是什麼？我一直搞不懂他，經過這二十年來的相處，我依舊不懂。

「你是說……約翰，對吧？那個人應該是叫做約翰吧……」我假裝思索。事實上，這名字我記得再清楚不過了。

傑森點頭。

「這種事情還需要問嗎？我會和你交往，然後和你結婚，不就是因為，我愛的是你嗎？你到底在懷疑什麼？」我的脾氣有點按捺不住。

傑森冷靜地看了看我，然後看了看客廳牆上的時鐘。那是十九世紀的古董，我堅持要傑森買的，價值不斐。

「時間也快到了，我想我得告訴妳真相，包括我知道的事情，以及我不知道的事情。」傑森站了起來。

我看著傑森，不自覺地，心跳倏地加速。

「當年我們三個人在同一個聚會裡認識，妳和他聊天的時候，妳的興奮指數是這輩子最高的，而當妳和我在一起的時候，妳的喜愛指數的波長，卻比較類似於妳看到名牌包包的波長。」

傑森沒有間斷地說著。

「依據我們收集的資料，地球人因戀愛而引起的興奮指數波長，是接近於妳和約翰相處時的數據才對，而你們對於愛情的定義，也就是這類指數的延伸，讓你們確實相信這一生都可以維持如此高的興奮指數，因此才會希望選擇與這一個對象結婚。」

我發現我的身體正微微顫抖。

「可是，妳卻選擇了我。當然，這是個相當有趣的個案，我也才會決定在地球上多留二十年，好好觀察妳，並且從中得到更多資料，好進行研究。」

我幾乎說不出話來。我無法判斷，我這二十年來究竟是與什麼人相處……

「在與我相處的二十年當中，妳並沒有得到類似的快樂或興奮，妳的指數甚至比結婚前更加低下，有好些時段，妳還會對這個老公產生負面指數，也就是厭惡的指數。我依然不懂為什麼妳當初會選擇我——不，應該說選擇傑森——來作為妳的終身伴侶。」

傑森慢慢走向門口，打開了門，門外竟然有著超強的白光，籠罩住傑森整個人。

傑森轉過身來，面對著我。

「妳唯一最高興的波長，是在和我出門、和我一起出現在朋友面前、介紹我的身世背景，或是周遭的人稱讚我的長相的時候。我發現，原來地球人的愛情行為已經改變，當外人對妳的另一半喜愛有加的時候，那個開心指數才是定義愛情的數據。」

傑森說完這句話時，他幾乎整個人沒入光中，完全看不到人影。

「這就是我這二十年來得到的結論。」傑森說完最後一句話後，強光一閃，四周再度陷入一片寂靜。我看呆了，但是我也看見傑森躺在門口。我過去探了探他的鼻息，赫然發現他已經死亡。

傑森身前最後這一番話，一直讓我思考著。

一個禮拜過去，在得到了傑森的巨額遺產之後，我來到離我們家二十哩的破舊旅社，走進三〇二號房。

這是二十年來，我每個禮拜都會來的地方。

我不禁想，如果傑森可以在我和約翰翻雲覆雨的時候偵測我的波長，他可能會發現，地球人的愛情行為比他得到的結論複雜多了……

Chapter 44

只是喜歡不可以嗎

這家店的生意不好是有原因的。

從我一走進店內，那老舊的桌椅、略顯落伍的舞台、扯著喉嚨唱歌的駐唱歌手……所有的一切都代表著一種「不完美」。

如果再加上我這個不求上進的男朋友，就更和諧了。一群接近及格邊緣的因素，不規則地排列組合著。

阿德就坐在我對面，也真的是虧他可以找到這麼和他氣味相投的店。

「想說什麼就說吧。」我冷冷看著他說。

「要不要先點杯飲料？」阿德轉頭打算呼喚遠方的服務生，我連忙制止。

「不用不用，我只是來聽聽看你想說什麼，聽完我就走，我還要回公司加班。」

如果阿德夠細心，就會看到我的背包還在肩上，根本沒有拿下來的打算。

「……我不知道，小蛙，我想問妳，最近我們是不是淡了……」阿德帶著點靦腆問道。我知道他為什麼會擺出這種嘴臉，因為熱戀的時候，我曾經說過我喜歡他這樣可愛的表情，和一般男生不同。

只不過，不是現在……

「是淡了。」我斬釘截鐵地說。

「有發生什麼事情嗎？妳在生我的氣嗎？」阿德的可愛攻勢沒有停止。他一定是覺得這樣下去我就會笑出來，然後我們就會和好如初。

想太多了他。

「不是生你的氣，是生我自己的氣，當初怎麼會和你在一起……」其實阿德什麼壞事也沒做，因此我只能這樣說。

「妳後悔了？」

「你說呢？」

「我不後悔呀。」阿德微笑著說。

「你問我會不會後悔，而我是問說『你覺得我會不會後悔』，並不是問你會不會後悔，所以你不用告訴我你不會後悔，懂嗎？」我有點惱。

阿德沉默的瞬間，那位駐唱的仁兄，剛好唱到某首經典歌曲的最高潮。我一時之間想不起來是哪位歌手的歌曲，只不過高音的部份他唱不上去，全場就這樣硬生生聽著他破音，還有人熱烈鼓掌。我真無法想像這是一家什麼樣的店。

「我不知道我哪裡變了，會讓妳和我說話變得這麼沒有耐性。」阿德終於又開口。

「就是因為你什麼都沒變。」

「什麼意思？」

「我說，就是因為你什麼都沒變，我才很想變。」我終於說出心裡話。

「這沒道理……」

「怎麼會沒道理，你還不懂嗎？婷婷的男朋友現在都升成主任了，小花的未婚夫更是當上了經理，你呢？你畫了四年，做了四年的設計，到現在還是在做設計……你是要畫幾年？你的薪水有改變嗎？」我不是那麼現實，我只是看不慣阿德不求上進。

阿德低下了頭，似乎到了這時候，他才了解我心中的想法。也許在今天之前，他都只認為我在鬧脾氣，哄哄我就行了。

「當初……是妳和我說，做自己喜歡的事情是最幸福的……和自己喜歡的人在一起是最幸福的……這樣不夠嗎？」阿德說。

「不夠、不夠！就是不夠……你難道不能把喜歡的事情做到很厲害，做到賺很多錢嗎？」我站了起來，聲音也大了。

阿德沉默了。可笑的是，這時舞臺上的駐唱歌手又唱到了副歌高潮處。這一次，我已經想起來是哪一首歌，那是當年紅極一時的歌神高伸介的熱門歌曲。

只可惜，在這種地方被三流歌手演繹至此，簡直是暴殄天物。我心中差一點沒有破口大罵，希望他不要污辱這麼好的作品。

「只是喜歡，不可以嗎？我只是做自己喜歡做的事情，不可以嗎？妳只是喜歡我，我只是喜歡妳，這樣不可以嗎？」阿德的微笑攻勢已經收起，認真看著我。

我正打算回他話時，駐唱歌手唱到了最後一句歌詞的最高潮，果然整個大破音，尖銳的歌聲透過音箱傳出，我不禁摀住耳朵。幾秒鐘後，終於安靜了下來。

我被這噪音氣得想要找人理論，便轉頭看向舞台處。一名短髮女子走向在舞台上表演的男人，還一邊鼓掌歡迎他下台。

我離開了座位，想要找人出氣。走了兩步，就聽到了歌手與短髮女子的對話。

「還是唱不好呢……哈哈，果然會破音……」駐唱歌手的側臉看起來面帶笑容，我則是越看越火。

「沒關係，開心就好啦。」沒想到女子竟然也支持這樣的男人。

但我忍不住開了口。

「先生，你不適合駐唱，知道嗎？」我說話的同時，聽到阿德也從後面走了過來，我想他是要來阻止我的。

原本看不清楚長相的駐唱歌手，這時候轉身面對了我們。他一頭捲髮，看起來雖然詭異，卻給我一種強烈的熟悉感。

「不好意思，我的聲帶受傷了，真的不好意思，讓妳難受了。」這名頂著爆炸頭的男人不停對我道歉，然而這時候說不出話的人，卻是我……

因為我已經認出了這個人是誰。

是高伸介……他就是當年的歌神，我曾經守在電視前只為了聽他唱一首歌，沒想到今天在這樣的地方遇上了他……

「祐希，我們走吧。」高伸介擁著身旁的短髮女子。兩人看起來雖然不像明星，但他們臉上的幸福笑容竟然閃得讓我睜不開眼。

高伸介和短髮女子整理了舞台上的器材之後，兩個人微笑從我面前走過。這時候，短頭髮女子回頭，對我說了一句。

「只是喜歡，就可以了唷。」

Chapter 45

如果妳真的喜歡我

到了同學會當天才發現，自己的身材已經穿不下任何一件像樣的衣服了。

也許不只這件事情令我感傷，客廳沙發上丟置的一堆衣服襪子，老公的酒瓶與吃剩的飯菜和昨夜的碗盤，家裡面的狼狽景象，多少影響了我前往同學會的心情。

看著鏡中的自己，怎麼樣都很難喚起，自己曾經是國貿系系花 Jasmine 的這件事。

三十五歲了，今年。體重從大學時期的四十五公斤變化至現在的六十八公斤，雖然出國拿了學位，但畢竟最後還是嫁為人妻，生了個白胖的小男孩，過著整天懷疑老公在外面偷吃的生活。

也許不應該說是懷疑，面對這樣身型的我，老公沒有興趣是必然的，他如何解決他的生理需求，也就很容易合理化了。

這樣的日子過久了，我曾經——應該說到現在，都很想找到出路，改變這一切。只不過真的沒有動力……

上禮拜收到同學會邀請函的那瞬間，許多回憶湧上了心頭。除了那幾個一起翹課的女生死黨之外，最忘不了的，還是小約翰。

大一第一次迎新宿營，小約翰就趁機在第一個晚上把我帶到角落，說是有事情和我說。

「Jasmine，我喜歡妳！」小約翰其實個頭並不小，身高足足有一百七十五公分以上，他深情地對我告了白。

我當時雖然又瘦又有自信，但是實在不懂如何面對這種事件。

「所以呢?我該怎麼回應你呢?」我說。

「如果妳真的喜歡我，不管什麼情況下，我都會在妳身邊。」小約翰當時的承諾，我一直記在心裡。而大學四年裡面，體貼又受歡迎的他，竟然一個女朋友都沒有交，甚至被別人懷疑過性向，他也不以為意。

我心想：小約翰是在等我吧。

最後，我終於從衣櫥裡挑了一件懷孕的時候，姐姐從國外買回來送我的娃娃裝，看起來寬大又有型，比較讓人難以推測我真實的身材為何。

化完妝之後，我出了門，心裡不禁忐忑起來。

畢竟我當年身材和外貌出眾，不少男同學都對我充滿興趣，一想到等等到達同學會的會場之後，要面對每個人的眼光和詢問，我就不自主地緊張。

然而我的擔心都是多餘的。

一走進會場，我立刻看到熟悉的花花、小香等死黨，雖然說她們不像我的身材走樣得厲害，但是歲月在她們臉上也留下了不少痕跡。同樣身為女人，我們很自然地都避開了這方面的話題……

「Jasmine，好久不見呀，聽說妳嫁了個好老公。妳結婚的時候我在國外，沒來得及參加。」花花依舊大嗓門地叫著。

「花，Jasmine 的老公是律師耶，她現在都不用工作了，每天在家裡當貴婦就好了。」小香搭腔。

聽著這幾個好朋友你一言我一語的形容著我的生活，我的腦中浮現的卻是我在洗衣機旁邊看到了老公衣服上的口紅印，以及家裡面一大堆等待我回去處理的雜務。

也許是體型的關係，沒有人看出我現在的心情並不好，並不滿意我現在的生活型態。

我很想逃跑……

「好像男生他們大部分都結婚了對吧？」小香換了個話題。

「嗯……沒啦，還有小約翰，小約翰好像一直沒有交女朋友……」

「他應該是 Gay 啦……」小香從大學開始就一直這樣懷疑，但只有我知道小約翰的心……

隨著這個話題，我的記憶回到了大四畢業那年，我被當時的男朋友喬治狠狠耍了的那個夜晚。

喬治原本說好要和我一起出國讀書的，但我們學校都申請了，一切事情都打理好的時候，喬治忽然告訴我，他愛上了他的鄰居，不但決定不出國了，還要與我分手，說是對我很抱歉。

那個夜晚，難過的我打了電話叫小約翰出來，我們兩人坐在操場邊，聽著籃球場上此起彼落的運球聲。

在小約翰聽完我訴苦之後，我悄悄地，將我的嘴唇印上了小約翰的嘴巴。我知道小約翰被我嚇到了，但是他裝作若無其事。

「……我不想出國了……小約翰，我們在一起吧……」嚴格說起來，這是我第一次對男孩子告白。也是因為我知道小約翰對我的心意，我才有這種勇氣吧。

只不過，那天晚上小約翰的反應讓我這輩子都不會忘……

「妳要搞清楚，我說的是『如果妳真的喜歡我』，而不是『如果妳想要找人陪』……更何況，我可不想成為妳不敢單獨去留學而留下來的藉口。」在小約翰說完這段話之後，我賞了小約翰一個耳光。

女人的自尊是很高的。

在那之後，我們再也沒有見過面了……

只不過後來事情的演變，對我來說是好的。我為了不讓小約翰看扁，我硬著頭皮，獨自一個小女生到了英國讀書，一年半之後拿到學位，回到台灣，甚至在職場上碰到了以前的男人喬治，讓他看到了我自己一個人也能做到沒有他在身邊的事情。

我知道，我要感謝小約翰，因為他一直都是替我著想的……

同學會的會場，忽然一陣騷動。

「咦，怎麼了？誰來了嗎？」小香墊著腳尖眺望著。

「是小約翰啦，他現在好像自己創業，當老闆了。」花花一邊說著，一邊和小香往人群處走去，我的腳步反而停留在原地了……

如果再見到小約翰的話，我不知道該怎麼面對他……我這麼想著，很自動地提起腳步往會場門口移動。

就在電梯口，我按下往一樓的按鈕時，一個男人忽然緊緊握住了我的手臂，將我從電梯裡拉了出來。

「都還沒聊到天，要去哪裡呀……」小約翰的聲音依舊溫柔，反而是我顯得太不大方了。

我和小約翰躲開了那群老同學，在會場外面找到了一處花園，在旁邊的椅子上坐著。

我聽著小約翰描述他這幾年創業的經過，心裡又替他高興，又覺得自己現在的生活醜陋無比。

「有一個小孩了呀，Jasmine 現在的生活應該也是很幸福呢。」聽到小約翰這樣說，我的心頭不自覺地揪了起來。

如果讓小約翰知道我現在這種苦悶的心情，真不知道小約翰會用什麼態度對我呢……

「你呢？怎麼不結婚？」我問。

「我呀……哈……沒有人喜歡我吧……」看著眼前精神抖擻的他，我的身體不知不覺越靠越近，小約翰似乎也感受到了我的心意，頭緩緩低了下來。

就像大四那年的夜晚一樣，我的嘴又悄悄貼上了小約翰的嘴。不同的是，這一次小約翰張開了嘴唇，回應著我的舉動。

在經歷了十幾秒的擁吻之後，我再度開口。

「帶我走……」我說。

小約翰緊握著我的手，撫摸著我的手指頭，原本像是要開口說Yes的他，在摸到我無名指上的戒指時，小約翰說了這樣的話。

「……妳現在……現在……這麼胖……我怎麼可能……喜歡妳啦……」小約翰試著將話說得俏皮，我卻看到了他眼眶中的濕潤。

不過這句話激得我一個巴掌打在小約翰的臉頰上，接著我就看著小約翰微笑著，然後緩緩起身，往同學會的會場走去。

我獨自一個人坐在花園旁，莫名的淚水悄悄滴落著。我知道小約翰的想法，只不過，我也很想問小約翰一句：

「如果你真的喜歡我，又何苦一定要我真的喜歡你，才可以和我在一起呢……」

小約翰的背影，緩緩地離開了我的視線……

Chapter 46

如果我們之間有愛情的話

「行了，我知道啦，妳新來的對嗎？我會在時間內把稿子生給妳啦。」當我在咖啡廳的角落，不耐煩地掛掉出版社新編輯的電話之後，我卻開始不停擠眉弄眼，因為新購買的隱形眼鏡的弧度，似乎並不是那麼貼合我眼球表面的曲線，常常眼珠子一轉，竟然就遺失了鏡片的下落。

不可思議地，隱形眼鏡就這樣卡在了我的眼球深處，逼得我要使用鑷子才可以不輕鬆地將它夾出來。

好死不死，總是在這個時候，會有認出我的讀者前來索取簽名。

「請問你是作家S吧？我們一家姐妹都好喜歡你的文章唷。」我眼前大約有兩三個人影在晃動著，而從聲音聽起來，我可以判斷出他們大概是大學生的年紀，只可惜這時候的我，竟然因為隱形眼鏡這麼低俗的因素，看不清對方的長相。

「對，我是。」我承認自己的身分之後，通常的流程就是對方會遞出了我的書，或者是筆記本、照片之類的東西，要我簽名。

我飛快揮舞著手上的麥克筆，其實無法確認這時候自己筆下的字跡好看與否，因為我真的看不清楚五公分以外的事物。

「謝謝，你本人好親切唷！」最後再附上幾個貼心的問候，就完成了這種「街頭被認出要簽名」的行徑。我雖然已經逐漸習慣，但是每一次這樣的事情過後，我還是可以很開心地在每天晚上要睡覺前，溫習一下今天被認出的感覺。

當然，身為作家——尤其是我們這種有堅持的作家，難免有些小地方會令人很困擾。這事情得從我發跡的過程開始講起。

我叫做 Stan。

除了愛看電影愛看漫畫之外，我和一般人過著沒什麼兩樣的生活。當然，把妹耍帥是每個年輕人青春時期都必經的過程，我是比一般人多談了那麼幾次戀愛，但是那並不代表我很花心唷。

就在過了三十歲後的那一年，意外接到了一個網站專欄的寫稿工作，我索性使用自己英文名字的開頭S當作筆名，開始寫起了短篇網路小說。當然，題材是關於愛情的，否則我哪來的靈感？

對於我來說，寫一篇小說就像是在反應一段人生。我認為自己寫的每一篇小說，實際上一定有人擁有類似的生活經驗，甚至我認為生活中的真實故事，往往比小說來得精彩。

至少在我三十幾年的生活中，我看到的都是如此。

因此我常常認為，我筆下的人物是有個性、有生命的。不知道怎麼表達，但我深深相信著，我寫出來的任何劇情，在遙遠的某個地方，一定正有著那麼幾個人在照本排演著。

只不過，對於創作我有著自己的堅持。我喜歡那種看似理所當然的劇情，到了最後關頭卻來個大逆轉，一舉改變讀者的觀念，我認為這樣就是很棒的創作。

我致力於發展這個方向的創意，也真的落實在我每一篇文章當中。

一開始，讀者們總是被我騙到，或是被我鋪陳的劇情、設定好的轉彎邏輯騙出了一聲聲驚嘆。

然而，時間久了之後，好奇的讀者開始會猜我短篇小說的結局，甚至有時候真的猜到了，就會在網站上寫下諸如此類的留言。

「這梗太爛了。」

「看前面就猜到了，可以想出不一樣的梗嗎？」

「老梗……」

這使得原本很喜歡看讀者留言的我，瞬間像是被打進地獄一般。畢竟這世界上的事情進行，總是有一定的道理與原則，所謂寫出料想不到的梗，或是驚人的故事結局，著實不是那麼容易的事情。

有時候讀者甚至會直接給我一個新的故事結局，然而在我看來，很多都是不合邏輯的……

「這角色在這個時候不可能那樣做的。」我這麼想著。

因為讀者只會考慮結局，並不會考慮邏輯性或合理性，因此光就結局去修改，根本就是錯誤，然而一旦要考慮合理性及邏輯性的時候，結果當然就會變得很理所當然。更何況我筆下的角色一旦成形之後，基本上每一個人物都會依照自己的個性去走，也就是說，因為要符合合理性，到頭來，故事的結尾常常很有可能不是我自己一開始設定的結果。

也就是說，要改成出人意表的結局，要改的是其實前面的設定，而不是直接更改結局，要讓前面的佈局成為開放性的空間，才有可能做出意想不到的最後。很多不理性的讀者不懂這一些，往往會直接在留言板上謾罵起來，看在作者我的眼中，實在有那麼一點難受……

我心中甚至還提防著，如果有瘋狂讀者出現，搞不好會對我的生命有所威脅。

於是幾個月之前，我開始養成了不在家寫稿的習慣。我會獨自帶著電腦，來到這家咖啡店的角落，靜靜打開我的檔案，慢條斯理地打字。

原因除了真的偶爾會有騷擾我的讀者之外，可以不用聽到家中電話被出版社的編輯疲勞轟炸，也是一大利多。

在我應付完先前幾個學生讀者之後，我把兩邊的隱形眼鏡都用鑷子取出來，這對於高度近視的我而言，代表著我接下來的眼中世界會成為一片失焦的狀態。

「我們又見面了。」冷不防，一個動聽的聲音進入了我失焦的眼界。

我抬起頭，其實雙眼根本看不清楚，卻仍然要假裝認出來，並且親切地問候。

「妳好，我們又見面了。」我說。並且伸出了手。

來人是位女生，從她的聲音我可以判斷得出來，不過「又見面了」這幾個字，卻讓我有點不知所措。

「我們在這咖啡廳已經見了四、五次面了，我姓王。」王小姐手上的溫度隨著她說話的香味傳到我伸出去的手上，我不自主地搖動著手。

「啊，王小姐……」我想起來了。

不單單是想起了這個人，我也想起了為什麼我和她見了四、五次面卻總是記不得她。原因就在於，每次王小姐出現的時候，我的隱形眼鏡總是滑落，我的世界總是失焦，因此我等於沒有看過王小姐這個人的樣貌，在這種情況下，難免記不起來這個人是誰。

「王小姐每次出現的時間都很……」

「很不巧嗎？」

「……應該說是很巧……」中文很精妙，很巧與很不巧，其實可以形容同樣的情況。隨著我們兩人之間的對話，我想起了幾天前第一次見到她的時候，我正站在櫃檯前結帳，而她排在了我的後面。

基本上，這事情我根本沒有印象。因為這事情是在我們第二次見面的時候，她碰巧坐在我旁邊，要我幫忙遞個奶精之類的東西，她才提起。而當時的我，還在努力適應新的隱形眼鏡，還在尋找不小心滑到眼球深處的鏡片。

第三次見面據說是在昨天。

「我昨天正要離開的時候，也看見你走了進來，你可能沒注意到我。」王小姐現在說了，我也只能認了，我也只能就把她口中所謂的幾次巧遇，當作我們真的見過四、五次面了。

「真巧，真巧……」我無意識地搖晃著手，也不知道接下來該說些什麼話了。忽然我的鼻子聞到一股濃郁的香氣快速逼近，我的眼前一黑，王小姐似乎是貼近了我旁邊。

「我知道你是S，我們這樣見面頻繁的次數，可以寫成一個故事了嗎？」搞了半天，原來王小姐也是我的讀者。就是不知道在網路上是尊S派，還是損S派。但基於王小姐身上的香味，我很本能地講出了調情的回答。

「我寫的是愛情小說，如果我們之間有愛情的話，我就可以寫成故事了……」我輕輕地咬著王小姐的耳朵回答著。雖然我們靠得很近，但我還是看不清楚王小姐的五官，我想，我的近視到了一個相當離譜的地步了……

Chapter 47

三次以上的巧合

那天晚上回家之後，我有些許失眠。

在幹「作家」這個行業之前，我談過好幾段不同型態的戀愛。和公司主管、和大學同學、和來往客戶公司的櫃台小姐……我也很以自己的「愛情履歷」為傲，當然隨著身分的不同，可以嘗試的愛情型態也多樣化了起來。

或許，「作家」可以和「讀者」來上一段浪漫的戀愛？我心裡一邊想像著王小姐的容貌，另外一邊卻擔心著這禮拜週末要交的稿件，題材還沒有下落。

一個禮拜寫出一篇短篇小說，原本應付起來輕鬆自如的事情，隨著專欄已經持續了好幾年沒有改變的型態，隨著讀者們越來越挑剔的口味，以及越來越多的興論，現在要生產一篇小說，對我來說——對S來說，難度似乎越來越高。奇妙的是，喜歡我文章風格的人數雖然有變多，但批評的人群同時也增加了。

躺在床上幾番輾轉之後，心裡頭忽然出現了聲音，使我整個人跳了起來。

「就寫這個題材吧。」

於是我開了電腦、開了檔案，決定將今天和王小姐見面的經過，當作最新的極短篇小說的開端。

針對王小姐的描述，因為今天沒有實際看到她的五官，反而讓我在創作上有更天馬行空的想像空間可以發揮。

「王小姐的五官其實並不算突出。在眾多人裡面，你可以第一個聞到王小姐的香味，卻不會第一個注意到她的容顏，但當她從人群走出來之後，你看著她的臉，又可以感覺到她五官細膩的程度。」

「她的眼睛不大，但是眼線和眼影畫得很好，假睫毛也不是使用時下那種非常誇張的長度。最讓我喜歡的應該是她的鼻子，非常秀氣，雖然有點挺，卻也不會像外國人或是電影明星那般立體，嘴唇小而薄。這一點雖然是我比較在意的地方，畢竟薄嘴唇的女人，比較無情，這是我領教過的，但王小姐嘴唇邊的那顆小痣，性感無比，感覺起來，那個所謂的薄倖，竟然就這樣活生生地被我忽略掉了……」

我看著我描寫王小姐的文字，頻頻點頭。

這的確是我理想中的女性樣貌。只不過，總該給她個名字吧？

「王小姐一邊自我介紹，一邊和我搖著手。『你好，我叫王雨佳，可能是媽媽喜歡下雨天，所以給了我這樣一個名字……』喜歡雨天的人不多，搞不好雨佳的媽媽是愛情小說看多了。」

在我打字的同時，落地窗外閃起了雷，估計沒兩下就會開始下雨了。

只不過，讀者和作家的戀愛，到底有什麼樣的衝突點，才可以讓我的短篇小說結尾產生所謂意想不到的「梗」呢？

我不自覺地上了自己的專欄網站，看到每一篇文章下面那密密麻麻的留言。

「S，你的故事太爛，我可以提供更好的結局。」

「爛梗，我來寫都比你強。」

「可以不要再推薦這個人的文章了嗎？」看起來，專欄上負面留言的比例有提高的趨勢。

或許，就把王雨佳設定成一個認為我的結局不夠勁爆的讀者，是為了改變我的故事結局才假裝和我接觸，但是她卻沒有發現，自己已經悄悄喜歡上了我。

嗯，聽起來這樣的設定不錯。

「和雨佳聊天的過程裡面，我們很自然談到我的作品，只是沒想到，當我詢問她比較喜歡哪幾篇作品的時候，她的回答，全部都是我內心深處認為是用來『濫竽充數』的文章……」

「『我自己最喜歡是那一篇〈我殺了喬薏絲〉的結局。』我說。『那一篇結局其實還好，如果可以改一下，最後讓女主角殺死那個男的，就會很震撼。』雨佳的表情看起來平靜，說出來的話卻讓我震驚。『不然就是另外那一篇〈總是聽見我愛你〉，那個我自己寫完也很感動。』我說。『那一篇也一樣，太正常了，最後如果女主角被男主角殺死，讀者應該會覺得比較特別吧。』面對著雨佳的答案，我的嘴角微微抖動了起來。我見過這種讀者，我了解這種人。不管什麼劇情，只要最後有人死掉，她就會覺得很棒……」

隨著我自己進入劇情沒多久之後，窗外開始下起了大雨，看起來不像一時半刻會停的感覺，只不過可能因為隱形眼鏡的不適，我開始感到疲倦。

於是我摘下隱形眼鏡，將落地窗前的窗簾拉下來，結束今天新文章的進度。

隔天我眼睛睜開的時候，依稀聽到了雨聲。拉開窗簾之後，我知道今天會是個陰雨綿綿的日子，只不過為了我的文章著想，我打算再到咖啡廳去一趟。如果可以再次碰到王小姐的話，或許可以讓我的想像更延伸。

也或許，我的潛意識裡想的是真正的發展……

下午。

當我走進咖啡店，拍打著即使撐傘也會被淋濕的肩膀時，身邊忽然響起了說話聲，讓我確認這趟沒有白跑。

「S，這麼巧，我們已經連續遇到幾天了呢？」我不用看就可以聽得出那是王小姐的聲音。

「三次以上的巧合，請直接進位成為一段緣分。」當我俏皮地說著自己曾經寫過的愛情小語時，我抬頭看到了王小姐的臉。

如果說，這輩子裡面有過所謂的「巧合」，我只能說，這一次絕對是我見過最難以置信的一次。

王小姐的眼睛不大，但是眼線和眼影畫得很好，假睫毛也不是使用時下那種非常誇張的長度。最讓我喜歡的應該是她的鼻子，非常秀氣，雖然有點挺，卻也不會像外國人或是電影明星那般立體，嘴唇小而薄。這一點雖然是我比較在意的地方，畢竟薄嘴唇的女人，比較無情，這是我領教過的，但王小姐嘴唇邊的那顆小痣，性感無比，感覺起來，那個所謂的薄倖，竟然就這樣活生生地被我忽略掉了……

對，王小姐的臉，和我昨天晚上寫在小說裡的形容一模一樣，我簡直看傻了，全身的雞皮疙瘩不用有人發號口令都直接站了起來。

「怎麼了？作家都是這樣看人的嗎？」王小姐顯然是被我的反應給嚇到了，但我又要如何形容我心中的震驚呢？

「沒事，可能……我們見過吧。」我隨口說了個理由。

「當然見過，加上今天這一次，我們已經見過五次了吧。」我知道王小姐使用的是她的邏輯，然而對我來說，今天等於是第一次見面。

「對，對。」我希望趕緊回復冷靜，就半個公眾人物而言，我實在算是失態了，竟然這樣看著一名女性的臉而驚慌失措！

「怎麼這麼大的下雨天，你還出門呀？」王小姐問。

「沒事，就想說來找找靈感，倒是妳，都不怕雨天打濕衣服？」

「我們家人都喜歡雨天。對了，你沒問過我名字，難怪不知道呢。」王小姐笑起來比我自己想像中還要好看。

「妳的名字？」我發現，我的嘴角又開始抽動了……

「對呀，我叫王雨佳，因為媽媽喜歡下雨天，所以給了我這樣一個名字。」雖然王小姐說的話和我寫的台詞有點出入，但基本上意思是一樣的。

我不太能理解怎麼會有這樣的巧合，隨著越來越大的雨勢，我開始覺得，我寫的愛情小語可能得要修改一下……

三次以上的巧合，可能會產生的不是一段緣分，而是一場錯亂，一種妄想，或是一次掛號……我認為，我急需去醫院確認一下自己目前的心理狀態。

Chapter 48

心裡頭的聲音

後來，我打消了去醫院的念頭，我只想要回家好好冷靜一下，思考這所有事情的來龍去脈。

除了王雨佳的名字和我昨天晚上取的一模一樣之外，她的長相更是和我自己打出來的形容一句不差，更可怕的是後來我們進了咖啡廳以後，我們兩個人交談的內容。

我沒有必要再把交談內容複製貼上到這個頁面，因為基本上，她就和我小說裡形容的一樣。她就是一個瘋狂的讀者，壓抑著自己想要改變我小說結局的內心，在每一個我們討論到的作品裡，她都流露出想要將結局改成「謀殺」的慾望……

也就是說，這個王小姐，這個王雨佳，從頭到尾都是我捏造出來的人物，而我在這麼不算特別的情況下，遇到了我筆下的人物。

但奇怪的事情是，我一開始還沒有動筆前，王小姐就已經存在了。照這樣看來，王小姐不是我筆下的人物才對。如果我新寫下的文字，會影響到我生活周遭的人，那沒理由只有王小姐會受到我的文字影響。

這不合邏輯。「每個人的生活或是故事都是一篇小說，每一篇小說都代表著某一個人的生活」，就這個我堅信的理念來說的話，這樣邏輯不通。

而且，雖然說我昨天晚上才寫出了王雨佳的五官形容，但我印象中，卻像是看過了這個人……

晚上雖然雨停了，但我的心裡卻是非常鬱悶。如果不能解開這個問題的話，我真不知道該怎麼面對這個王小姐才好。

「砰！」忽然心底深處的某個地方，傳出了一種假設。我被這突如其來的想法嚇到，一瞪眼、一溜煙跑進書房。我的書房裡面除了平時愛買的各種書籍之外，有一面牆是專門擺放我自己創作和出版過的書籍。

我翻起了一本又一本我曾經出版過的短篇小說集，為了證明我內心深處剛才跳出來的那個念頭是否正確，我重新讀起了自己創作的小說，一篇又一篇。半個小時後，我看到了「王小姐」三個字……

「王小姐……」出現在我曾經寫過的一篇短篇小說裡面，某個公司櫃台的王小姐，因為只出現過一次，也沒什麼特殊的文字去形容她的五官，因此我沒有特別的印象，但我知道這人就是她。

每個角色在我腦海中創造出來之後，都有她的存在感。我認得她。

「或許就是因為我沒有形容她的長相，也沒有給她名字，但她的確是我筆下的人物，我真的遇到了我筆下的人物……」如果是這樣的邏輯的話，就說得通了。這麼一來，就代表我所寫下的文字，將會影響這個王小姐的一言一行。

我忍不住吞了吞口水，走到書桌旁邊，打開昨天的檔案，一種邪惡的慾望竟然從我心中最深處油然爬出。

我很謹慎地，打著我想嘗試的每一個字。

「雖然，我有那麼一點被王雨佳的熱情驚嚇到，但是她的外表和身材，都是我夢寐以求的理想型，我心裡對自己說：如果她現在出現在我家門口，我一定會毫不猶豫地將她擁入懷中。然而事情竟然就這樣發生了……在這個一般都會人準備要休息的時間點上，我家的門鈴響了，而當我打開門的那一瞬間，那張美麗的臉龐，不是王雨佳，又會是誰呢？」

我停止了自己的手指頭，因為我知道接下來的發展，我可以為所欲為，我可以利用作者的這個身分，主宰王雨佳的一切行動。

「叮咚！」果不其然，在我寫下的時間點裡，我居住的大門門鈴響起。我壓抑著自己心中的衝動，走到了門口，透過貓眼看到了門外的王雨佳。

「妳怎麼會知道我住這邊？」雖然這是我自己寫下的劇情，但我也很好奇，在實際生活中，這到底是什麼樣的轉變。

「皮包……你的皮包掉在了咖啡廳。」我看見王雨佳手上握著我的皮包，驚嘆這一切巧合過於真實。

「難道說，我寫下來的文字，在現實生活當中都會合理化嗎？」我看著王雨佳的美貌，心裡越發忐忑不安，我很怕自己做出什麼不該做的行徑。

只不過，這一切似乎都已成定局。當王雨佳走進我家中，我竟然壓抑不住衝動，上前抱住了自己筆下的美女。

「S……這樣好嗎？」王雨佳被我緊緊抱住，講話中帶著點喘息。我知道這個角色的目的原本就是要來接近我，她就是希望可以在我身邊，進而改變我文章的結局，因此在這個時刻，她絕對是願意讓我為所欲為的。

我的嘴唇等不及地貼上了她的嘴，兩個人就像兩塊融掉的蠟燭一般，彼此交融著，僅靠著舌頭就可以合而為一。王雨佳這時候也逐漸露出了她的真面目。原本是被動地迎合我，慢慢變成了主動探索我的身上，她纖細的小手伸進了我的襯衫之中，不停撫摸著我的胸膛。

一瞬間，我忽然察覺到事情的不對勁，趕緊推開了王雨佳。

「……怎麼了？你不……喜歡我？」王雨佳嬌羞的模樣看得我整個人慾火焚身，只不過我就是覺得有哪個環節不對勁，好像哪裡出了問題。

「我、我想問妳，為什麼……妳會去那個咖啡廳？」我知道我問的這個問題不是重點，只不過，在那當下我的腦子裡也沒有什麼邏輯可言。

「為什麼？這種問題，身為作家的你，應該比我更了解吧。」王雨佳的情緒逐漸平復了下來，也找了張椅子坐下。

只不過，王雨佳的眼神似乎不停在探視我書房的門，看來書房才是她真正有興趣的地方。

「我不了解。」我說。

「人呀，不就是這樣，有時候自己心裡面就會給一些意見，你也不知道那些意見是不是你真正心裡想的，有時候我都懷疑，那是別人給的意見，至於那個別人是誰，我也不清楚……」王雨佳說得很玄，但我能體會。她是我筆下的人物，她的行動當然是依照我給的指令走。

「所以妳是聽那個心裡忽然冒出來的聲音去到咖啡廳的嗎？」我說。

「我忘了，畢竟我不會每一次都聽的，有時候那心裡的聲音並不合理，我並不想照那建議做，我就不聽了……」來了，我似乎聽到了什麼重點，就是我剛才在親熱的時候覺得不對勁的地方，不過王雨佳的話還沒有結束。

「畢竟我常常覺得人生呀，好像就是有人在背後控制你呀，有時候我猛一抬頭，好像還會看到上帝的手指頭，在天空來不及移走，像是在安排什麼似的……」我心頭一沉，很想對王雨佳說，不是每個人都像妳一樣是虛構角色，是我手指頭下文字的描述呀……

這時候，我注意到王雨佳的眼神不時飄向書房，這才想起來王雨佳這個角色的目的，就是要改變我小說的結局，因此她在意的是我的電腦，我的檔案……想到這裡，我終於知道了問題出在哪裡……

我的小說還沒有寫到我和王雨佳會親熱，可是剛才一進門，我們就直接照著角色設定延著劇情走了下去，可是這樣下去的話，結果會是什麼……

我假裝要喝水，站了起來。不過王雨佳在這個時候也察覺到了什麼，在我站起的那一瞬間，王雨佳也站在了我的面前，詭異地笑著。

「雨佳，如果以短篇小說來說，我們兩個人這段作者與讀者之間的愛情火花，最後的結局應該是什麼？」我一邊說，腳上沒有停，一路往書房快步走去。可怕的是，雨佳的速度也不慢，竟然亦步亦趨地跟在我身後。

我瞬間加快了速度，竄進書房，並且將書房的門關上，只聽得「砰」的一聲，我知道雨佳撞上了書房門，隨即沒了聲音。

我趕緊將書房的門鎖上，快步跑到了電腦前面，看著自己的檔案。我不敢相信自己眼睛看到的，竟是檔案中已經完整寫出雨佳來到我家之後的劇情，而且還在陸續浮現出中文輸入內容。

「雨佳到廚房拿了菜刀，不停往書房的房門猛砍。我一直到這個時候才知道，王雨佳並不是單純的喜歡我，基本上，她就是一個瘋狂的讀者，一個不滿我寫的故事的結局的人，想要取代我，更改我所有小說的結尾，我很有可能就這樣被王雨佳砍死，甚至之後雨佳會開始冒用我的筆名，開始一連串以謀殺為結局的小說創作……」

我驚訝地看著原本還沒有取名的這篇極短篇小說，竟然在標題處也出現了幾個斗大的字——「宅男作家之死」。

我知道，如果這一次真的無法改變結局的話，我相信我的生命也走到了盡頭……

Chapter 49

宅男作家之死

「雨後的咖啡廳裡，我獨自一個人坐在角落打著電腦。我知道我的短篇小說很受歡迎，因此常常會有人找我簽名，只不過這幾天在這個咖啡廳裡碰到好幾次的那個女生，我只記得她姓王。

在經過前面幾天似有若無的巧遇之後，今天我又碰到了她。

王小姐的五官其實並不算突出，在眾多人裡面，你可以第一個聞到王小姐的香味，卻不會第一個注意到她的容顏，但當她從人群走出來之後，你看著她的臉，又可以感覺到她五官細膩的程度。

她的眼睛不大，但是眼線和眼影畫得很好，假睫毛也不是使用時下那種非常誇張的長度。最讓我喜歡的應該是她的鼻子，非常秀氣，雖然有點挺，卻也不會像外國人或是電影明星那般立體，嘴唇小而薄。這一點雖然是我比較在意的地方，畢竟薄嘴唇的女人，比較無情，這是我領教過的，但王小姐嘴唇邊的那顆小痣，性感無比，感覺起來，那個所謂的薄倖，竟然就這樣活生生地被我忽略掉了……

這個長相，是我喜歡的臉。

王小姐一邊和我自我介紹，一邊和我搖著手。

『你好，我叫王雨佳，可能是媽媽喜歡下雨天，所以給了我這樣一個名字。』喜歡雨天的人不多，搞不好雨佳的媽媽是愛情小說看多了……

雨佳很自然地坐在了我的身邊，她的味道很香，態度很大方，很容易令人喜歡，更重要的是，我的每一篇作品，她幾乎都熟。

雖然她的意見通常和我不太相同。

和雨佳聊天的過程裡面，我們很自然會談到我的作品，只是沒想到，當我詢問她比較喜歡哪幾篇作品的時候，她的回答全部都是我內心深處認為是用來『濫竽充數』的文章……

『我自己最喜歡是那一篇〈我殺了喬薏絲〉的結局。』我說。

『那一篇結局其實還好，如果可以改一下，最後讓女主角殺死那個男的，就會很震撼。』雨佳的表情看起來平靜，說出來的話卻讓我震驚。

『不然就是另外那一篇〈總是聽見我愛你〉，那個我自己寫完也很感動。』我說。『那一篇也一樣，太正常了，最後如果女主角被男主角殺死，讀者應該會覺得比較特別吧。』面對著雨佳的答案，我的嘴角微微抖動了起來。我見過這種讀者，我了解這種人。不管什麼劇情，只要最後有人死掉，她就會覺得很棒……

王雨佳常會在聽我說話的時候，不經意地將手指頭放在我的手掌上，這讓一直處在電腦前面打字的我，感覺到那麼一點興奮。

那天下午，雖然我很捨不得，但還是必須和人家說再見。晚上回到家之後，我在自己家的客廳裡頭坐著。

雖然，我有那麼一點被王雨佳的熱情驚嚇到，但是她的外表和身材，都是我夢寐以求的理想，我心裡對自己說：如果她現在出現在我家門口，我一定會毫不猶豫地將她擁入懷中。然而事情，竟然就這樣發生了……在這個一般都會人準備要休息的時間點上，我家的門鈴響了，而當我打開門的那一瞬間，那張美麗的臉龐，不是王雨佳，又會是誰呢？」

我不停想要將這篇文章後面的地方刪除，但文字卻不斷浮現在檔案上面，故事就這樣不停地被述說著。

「翻雲覆雨之後，我這個宅男作家以為自己多年的經營終於換來了一段忠誠的愛情，卻沒想到王雨佳倏地拿出菜刀，就這樣不停往我身上猛砍……」

我不斷按著「刪除」鍵，然而刪除過後，不同的文字，相同的故事情節卻不停浮現，我知道這角色已經被設定了，我無法如此硬生生地改變結局，但只剩下這麼一點點時間，我不知道我還可以加入什麼樣的文字，好讓這個故事增加其他伏筆，好讓我可以扭轉故事劇情。

王雨佳的菜刀已經逐漸砍破了書房的門。她清秀的臉龐依舊，只不過眼中的殺意竟然絲毫沒有減少。

最後一刀，王雨佳已經從被菜刀砍毀的門縫中，走了進來。

我守在了筆記電腦前面，看著手拿菜刀的王雨佳，一時之間後悔起自己的慾望，如果一開始不是如此設定，故事的結尾應該還有轉圜空間。

我看著王雨佳一步一步靠近，冷汗從額頭的毛細孔中一顆一顆滲了出來。我沒有想到，遇到自己筆下的人物，竟然不是一件值得開心的事情，反而更讓我體會到，故事佈局的重要性。

就在王雨佳走到我面前三步的距離時，我的心底倏地跳出那麼一個想法。加上那幾個字呢？雖然故事不是那麼精彩，但是很合理的。我的眼睛一亮，趕緊切換輸入法，在文章的最前面加上了幾個字。

然而此時王雨佳已經逼近到我的面前，看來她的反應並沒有改變。難道說我加上那幾個字，對故事並沒有幫助嗎？

就在王雨佳高高舉起菜刀時，我掏出口袋中的手機，撥了一通電話出去。忽然，書房內響起了不知從何處傳出了來電鈴聲，這聲音的確阻止了王雨佳的行動。

王雨佳放下菜刀，緩緩從她的口袋裡拿出手機，接起電話。

「喂？哪位？」王雨佳說。

「妳是出版社的新編輯吧……很厲害，我嚇到了……有靈感了……稿子會如期給妳……」我對著我的手機說。

這時王雨佳臉上的殺意盡失，轉而露出天使般的笑容看著我驚慌失措的臉。

「是吧，我就說了，不要看不起新編輯，我會想盡辦法催稿的。」王雨佳將菜刀丟在地上，瀟灑地走出了我的書房。

我喘著氣，看著自己在檔案裡面打下的文字。

「雨後的咖啡廳裡，當我剛掛上不停催稿的出版社新編輯電話後，獨自一個人坐在角落打著電腦。我知道我的短篇小說很受歡迎，因此常常會有人找我簽名，只不過這幾天在這個咖啡廳裡面碰到了好幾次的那個女生，我只記得她姓王。」

故事的鋪陳或佈局，是要從一開始就做好，因為角色本身並不容許在最後改變故事的結局，因為那並不合理……

基本上，加上了這麼幾個字，也不代表結局一定如此，只不過在故事的開展當中，多了幾種可能性，如果我最後沒有撥打電話的話，王雨佳還是可能成為了瘋狂的讀者。只不過因為多了這個可能性，加上我可以控制我自己這個角色，我才足以順利扭轉結局。

說起來，我很慶幸在最後的一瞬間，心裡頭跳出了這個想法，有時候我也很佩服自己，怎麼可以忽然想出不像自己想的想法……

我仰頭大大地深呼吸一口氣，卻似乎看到幾根偌大的手指頭，來不及從天花板的邊緣處移走……

後記

我認為，台灣的創作不講究創意。雖然在華人世界裡面，不管是流行音樂、小說、偶像劇，台灣人的創意都有不錯的成績。

但我就是覺得不夠。

很多事情可以比較，很多事情不能比較。我們不能和美國比較電影產業投入的金額，但劇本的創意總可以比比吧。

我們不能和日本漫畫比較市場的大小，但故事的創意總可以比比吧。

我相信我的讀者可以體會或是了解，我在這篇中長篇小說裡想說的事情為何，也希望我的想法可以得到更多人的肯定。

這本書裡有著許多故事的延續。包括《未來，你會是我的誰》的番外篇，包括歌神高伸介的再度出場，再加上最後這一則故事。我希望更多人可以走進H的愛情小說世界。在這裡，你會看到角色成長，會看到每種人不同的愛情故事，會看到這個世界在我的筆下越來越茁壯。

「每個人的生活或是故事都是一篇小說，每一篇小說都代表著某一個人的生活。」

我相信會有那麼一天，妳會看到妳的故事在我筆下出現，或者妳會看到我寫的故事在妳生活中發生……

如果讀者愛上我

H・著

出版發行
橙實文化有限公司 CHENG SHI Publishing Co., Ltd
粉絲團 https://www.facebook.com/OrangeStylish/
MAIL: orangestylish@gmail.com

作　　者　H
總 編 輯　于筱芬 CAROL YU, Editor-in-Chief
副總編輯　謝穎昇 EASON HSIEH, Deputy Editor-in-Chief
業務經理　陳順龍 SHUNLONG CHEN, Sales Manager
美術設計　點點設計 Yang Yaping
製版／印刷／裝訂　皇甫彩藝印刷股份有限公司

出版發行
ADD／桃園市中壢區永昌路 147 號 2 樓
2F., No.382-5, Sec. 4, Linghang N. Rd., Dayuan Dist., Taoyuan City 337, Taiwan (R.O.C.)
TEL／（886）3-381-1618 FAX／（886）3-381-1620
MAIL: orangestylish@gmail.com
粉絲團 https://www.facebook.com/OrangeStylish/

全球總經銷
聯合發行股份有限公司
ADD／新北市新店區寶橋路 235 巷弄 6 弄 6 號 2 樓
TEL／（886）2-2917-8022　FAX／（886）2-2915-8614

初版日期 2023 年 10 月